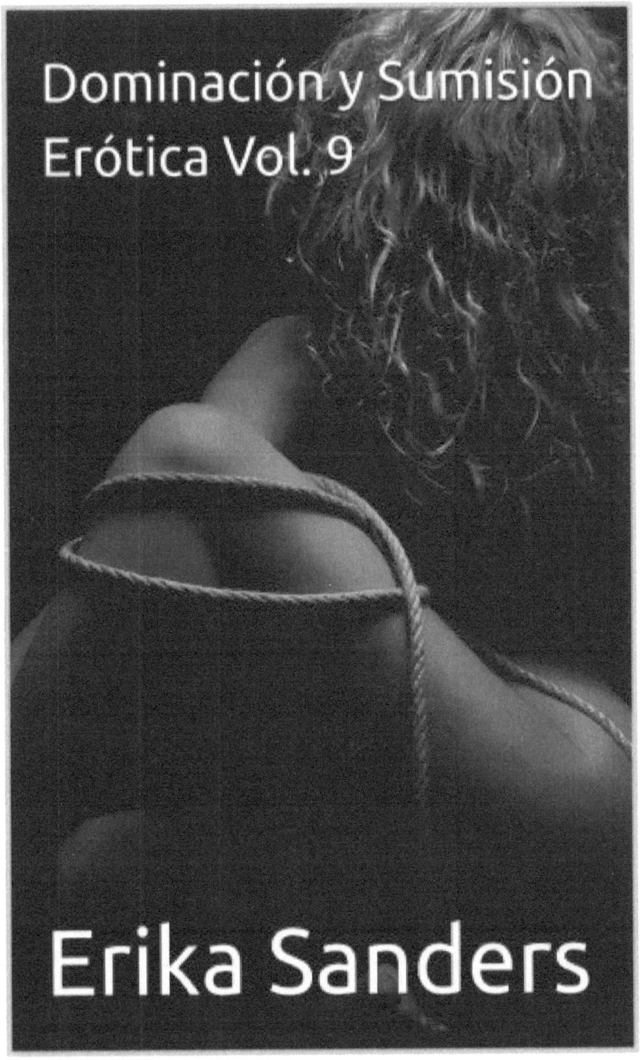

Dominación y Sumisión Erótica Vol. 9

Erika Sanders

Dominación y Sumisión Erótica
Vol. 9

Erika Sanders
Serie
Dominación y Sumisión Erótica

©Erika Sanders, 2025

Imagen portada: ©Alexander Krivitskiy - Pixabay, 2025

Primera edición: 2025

Todos los derechos reservados. Prohibida la reproducción total o parcial de la obra sin la autorización expresa de la propietaria del copyright.

Sinopsis

Es una recopilación de novelas de fuerte contenido erótico BDSM pertenecientes a la colección Dominación y sumisión erótica, una serie de novelas de alto contenido BDSM romántico y erótico.

Esta recopilación contiene las novelas:

- Esposa BDSM.

- Escritora BDSM.

- Bibliotecaria BDSM.

(Todos los personajes tienen 18 años o más)

Nota sobre la autora:

Erika Sanders es una conocida escritora a nivel internacional, traducida a más de veinte idiomas, que firma sus escritos más eróticos, alejados de su prosa habitual, con su nombre de soltera.

Índice:

DOMINACIÓN Y SUMISIÓN ERÓTICA VOL. 9
ERIKA SANDERS

ESPOSA BDSM
POR
ERIKA SANDERS

PRIMERA PARTE:
20 años de matrimonio

12

CAPÍTULO 1

Fue otra noche de sexo soso.

Pero ninguno de los dos se quejó.

Después de 20 años de matrimonio, el sexo se había convertido en una rutina más que cualquier otra cosa.

Rachel volvió a la cama después de lavarse entre las piernas.

Apagó la luz, se metió debajo de las sábanas y se acostó junto a su esposo.

"Eso fue encantador", dijo.

"Lo fue", respondió Roger. "Un poco mejor desde que los chicos que van a la universidad, ¿verdad?"

Ella lo empujó con el codo.

"Qué cosa tan horrible dices".

"Pero debes admitir que es bueno que ya no tengamos que mantener las cosas en silencio. Y podemos dejar la puerta abierta".

Rachel pensó por un momento.

"Supongo que sí. Pero, aun así, los extraño mucho".

"Yo también."

Ella cerró los ojos.

"Buenas noches."

"Buenas noches, cariño", respondió él, besándola en la frente.

CAPÍTULO 2

El día siguiente fue un día de trabajo típico para Rachel.

Era contadora de una firma de contabilidad de nivel medio.

Con el reciente crecimiento económico en el centro de la ciudad, tenía mucho trabajo que hacer para los nuevos clientes.

Durante el almuerzo, ella comió con el mismo grupo de mujeres que había comido durante los últimos años.

Hablaron sobre sus temas habituales: chismes, noticias de entretenimiento, familia, sus hijos, nuevas recetas, etc.

Todas eran mejores amigas y siempre disfrutaban de la compañía de las demás.

Eran casi las seis de la tarde cuando Rachel llegó a casa.

El auto de Roger ya estaba en el camino de entrada.

Cuando entró en la casa, ésta estaba particularmente tranquila.

Roger solía decir rápidamente "hola".

Ella lo llamó, pero no obtuvo respuesta.

Cuando Rachel entró en la cocina, un par de brazos envolvieron su cuerpo desde atrás.

Las manos le tocaron el pecho lascivamente.

Ella gritó en voz alta.

"¡Está bien!" dijo, soltándola. "¡Soy yo! ¡Soy yo!"

Rápidamente se dio vuelta para ver una mirada atónita en la cara de Roger.

Claramente no esperaba que su esposa reaccionara así.

"¡Dios! ¡Roger! ¡No vuelvas a asustarme así nunca más!"

"Quería sorprenderte".

"¿Cómo fue eso una sorpresa?" ella se enfureció. "Me asustaste a la luz del día. ¡Pensé que me estaban atacando!"

"Lo siento. Solo estaba tratando de ser romántico".

"No hay nada romántico en ser tocada de esa manera ".

"Lo siento. No lo volveré a hacer".

Rachel se tomó un momento para calmarse.

"No quise enojarme tanto. Es solo que, por favor, sé un poco más considerado con tus sorpresas, ¿de acuerdo?"

"Ya nunca nos divertimos. ¿Lo has notado?"

"Por favor, Roger, no estoy de humor para esto en este momento".

"Está bien", asintió él derrotado.

Rachel se dio la vuelta y fue a la habitación a cambiarse de ropa.

Se sentó en la cama y suspiró.

CAPÍTULO 3

Al día siguiente.

Rachel estaba frente a la computadora haciendo su trabajo de contabilidad.

Sonó su teléfono.

Era su esposo.

Ella respondió a la llamada, y cuando Roger le dijo que era importante, ella dijo que esperara un momento mientras salía a la calle para tener más privacidad.

Se preguntó de qué se podía tratar la llamada.

Roger rara vez llamaba mientras ella estaba en el trabajo.

Supuso que no podía ser por su pelea de ayer, porque ya lo había solucionado esa misma noche.

"¿Sí?" Dijo cuando estaba afuera, lejos de los otros compañeros de trabajo.

"Hagamos un viaje la próxima semana", respondió sin rodeos. "Hay un lugar tranquilo donde podemos ir cerca de la costa".

"Realmente no puedo. Las cosas están muy ocupadas con mi trabajo en este momento".

"El mío también está así. Pero podemos hacer un hueco. Podemos ir el próximo viernes y quedarnos durante el fin de semana. Solo tómate un día libre en el trabajo".

"Pero no hay necesidad de esto", respondió ella, tratando de razonar con él. "No estoy enojada contigo. ¿No habíamos aclarado eso ayer en la noche?"

"No se trata de ayer. Se trata de nuestro matrimonio".

Esas palabras enviaron una conmoción total por toda la columna hasta los pies de Rachel.

Siempre había asumido que su matrimonio era fuerte y que le daba a Roger todo lo que siempre había querido de una esposa.

"¿Nuestro matrimonio está en problemas?" ella preguntó.

"No hables así. Pero hay una manera de hacer que nuestro matrimonio ... mejore ..."

Otra señal bajó por su columna vertebral.

"¿De qué se trata este viaje?"

"Creo que hay alguien que puede ayudarnos".

"¿Un consejero matrimonial?" ella preguntó sorprendida.

Se detuvo un momento.

"Sí. Algo así. Un consejero matrimonial".

"No lo estamos haciendo tan mal, ¿verdad? Pensé ... pensé ..."

La voz de Rachel se estaba volviendo sofocante y sus ojos se estaban humedeciendo.

"No lo estamos haciendo nada mal", respondió él, tratando de tranquilizarla. "Pero creo que podemos mejorar. Esto es algo en lo que he estado pensando durante un tiempo".

"Bien. Si crees que es lo mejor".

"Gracias, cariño. Siento haberte llamado al trabajo. Es una cosa de último minuto. Ella tuvo una vacante de último minuto en su horario y quería aprovecharla".

Rachel levantó una ceja.

"¿Ella? ¿El consejero es una mujer?"

"Sí."

"¿Qué sabes de esta persona? ¿Por qué necesitamos viajar tan lejos por ella?"

"Te lo explicaré más tarde. Pero ella tiene una reputación única. Y creo que va a hacer maravillas para nosotros".

"Si eso es lo que quieres, entonces está bien".

"Me alegra que estés abierta a esto. Discutiremos los detalles esta noche".

"De acuerdo, adiós."

"Adiós."

La llamada terminó y Rachel quedó estupefacta con su teléfono en la mano.

Se le había caído una bomba encima, pero se dio cuenta de que haría lo que fuera necesario para mantener fuerte su matrimonio.

CAPÍTULO 4

Varios días después.

Rachel estaba parada en la habitación doblando ropa para el próximo viaje.

Sabía que el clima iba a ser caluroso, así que empacó las camisetas, pantalones cortos, sandalias y trajes de baño que Roger le dijo que llevara, ya que estarían cerca de la playa.

Ella no quería ir, no solo porque les iba a costar miles de dólares la idea, sino porque necesitaba pasar mucho tiempo en su trabajo, y este día perdido sería un día que tendría que recuperar.

Pero si esto era lo mejor para su matrimonio, entonces no quería pelear por eso.

Lo que más le molestaba era que Roger estaba siendo inusualmente parco y vago con respecto al asunto del asesoramiento matrimonial.

En todos sus años de matrimonio, siempre habían sido abiertos sobre todo.

Nunca había habido secretos.

Nunca hubo mentiras.

Por eso su matrimonio era tan exitoso.

Hasta ahora...

Pasó mucho tiempo preguntándose por qué Roger quería ver a una consejera.

¿Qué le pasa a nuestro matrimonio?

Pensé que todo estaba bien.

Pensé que todo era perfecto entre nosotros.

¿Es el sexo?

¿Ya no soy lo suficientemente buena?

¿Quiere a alguien más?

¡¿Está teniendo un amorío?!

La maleta estaba casi llena.

Todo lo que faltaba por meter era el traje de baño.

Había un par viejo en su armario.

Que ella no había usado en años.

Se desnudó frente al espejo.

Ella miró su cuerpo desnudo.

Las líneas leves en su rostro habían crecido.

Sus pechos, anteriormente muy turgentes, habían comenzado a ceder.

Sus caderas se estaban volviendo más gruesas a pesar de los ejercicios aeróbicos.

La verdad es que no es de extrañar que Roger quiera ver a una consejera.

Se puso el traje de baño y posó frente al espejo con él.

Esto le gustará.

En ese momento, Roger salió del despacho de su casa y se acercó a Rachel con el ceño fruncido.

"¿Qué pasa?" preguntó ella, todavía en su traje de baño.

"Acabo de hablar por teléfono con mi jefe. Uno de nuestros clientes acaba de recibir una demanda multimillonaria. Ya no puedo ir a ese viaje".

Ella lo miró a los ojos y supo que Roger estaba diciendo la verdad.

Un rayo de esperanza cruzó la mente de Rachel.

Estaba contenta de que el viaje probablemente fuera cancelado.

"Eso es muy malo", respondió ella. "¿Significa esto que el viaje se cancela?"

"No tiene sentido cancelar todo el viaje porque ya he pagado los vuelos y los arreglos del asesoramiento. Deberías ir sola".

Ella se sorprendió.

"¿Quieres que vea a una consejera matrimonial sola? ¿Qué sentido tiene eso?"

Él suspiró.

"Rachel, te amo mucho. Te amo más que a nada. Eres el amor de mi vida".

"Oh Dios, estás teniendo una aventura. ¿No es así? Hay alguien más, ¿no?"

"No, no es nada de eso", dijo enfáticamente. "Nunca te engañaría. Nunca lo he hecho, y nunca lo haré".

"Entonces, ¿qué está pasando? En estos últimos días, has sido muy evasivo sobre este viaje. Nunca antes has estado tan reservado".

Suspiró nuevamente y sacudió la cabeza.

"Lo siento. No he sido completamente honesto contigo. Creo que no soy tan valiente como pensaba".

"¿Dime que es eso?"

"¿Confías en mí?"

"Por supuesto que sí. Si tienes una aventura, solo dímelo. Podemos resolverlo".

"No estoy teniendo una aventura Rachel. Pero creo que debe haber cambios en nuestro matrimonio".

"¿Ya no soy lo suficientemente buena?" ella preguntó.

"Deja de decir cosas así. Eres mi esposa. Te amo más que a nada".

"Entonces, ¿por qué no eres honesto conmigo?" exigió.

Sacudió la cabeza.

"Estoy tratando de ser honesto. Pero no puedo. Esto no es fácil. Créeme, desearía que todo fuera fácil".

"Ya no te entiendo, Roger".

Una tristeza apareció en su rostro.

"¿Puedes prometerme que aun así irás? Sé que es difícil irte así, pero no te lo preguntaría a menos que pensara que podría ayudar a salvarse a nuestro matrimonio".

"¿Crees que nuestro matrimonio necesita salvarse?" preguntó ella, con lágrimas en los ojos.

"Por favor, no hagas esto más difícil, Rachel. ¿Puedes prometerme que irás sola? Quiero que conozcas a la consejera y escuches lo que tiene que decir. Solo escucha, y si no te gusta, luego vente a casa. Por favor, te lo ruego ".

Las lágrimas ya se derramaban por su cara.

Rachel se ahogó en ellas y apenas podía hablar.

Luego, rodeó a su esposo con los brazos y le dio un gran abrazo sofocante.

No iba a perder su matrimonio así que no importaba el costo.

SEGUNDA PARTE:
Lady Samantha y la esposa

CAPÍTULO 5

Rachel vio a un hombre bien trajeado después de salir de la terminal del aeropuerto con su equipaje.

El hombre sostenía un cartel con su nombre.

Hablaron y confirmaron la identidad de ambos.

Ella se subió a su automóvil de lujo para realizar un viaje de unos treinta minutos hasta que llegaron a su destino.

Ella esperaba llegar a un edificio de oficinas.

Pero se sorprendió al ver que el destino era en realidad una gran casa cerca de la playa, que parecía más una mansión.

La dueña del lugar era una persona muy rica.

Y la dueña definitivamente no era una consejera matrimonial corriente.

El auto se detuvo en el camino de entrada.

El conductor fue al maletero para sacar el equipaje.

En ese momento, se abrió la puerta principal de la mansión junto a la playa y salió una mujer alta y escultural.

Se veía impresionante, de unos treinta años, con el cabello largo y ondulado y un cuerpo de modelo.

"Debes ser Rachel", sonrió la mujer. "He escuchado cosas maravillosas sobre ti".

"Esa soy yo. ¿Y tú eres?"

"Samantha. Bienvenida a mi casa".

Las dos mujeres se dieron la mano cordialmente.

"Qué hermoso lugar. Ciertamente no esperaba nada como esto".

"La mayoría de la gente no lo hace. Es una lástima que tu esposo no haya podido venir".

"¿Conoces a mi esposo?" Preguntó Rachel.

"Viajo mucho con mi padre por negocios y he visto a tu esposo varias veces. Pero podemos hablar más sobre eso más tarde. Estoy segura de que estás agotada. Déjame mostrarte tu habitación primero".

Samantha condujo a Rachel acompañada del conductor por las escaleras de la gran mansión hasta la habitación de invitados.

El conductor puso el equipaje en el dormitorio y luego se fue.

Rachel estaba en un constante estado de maravillada mientras miraba la mansión.

No podía llegar a calcular cuánto valdría todo.

"Te dejaré ducharte y descansar", dijo Samantha. "Las toallas están en el mismo baño. Ven a la playa alrededor de las seis de la tarde. Podremos ver la puesta de sol juntas y tomar un poco de jugo de fruta fresca".

"Eso suena delicioso".

Samantha sonrió.

"Nos vemos entonces".

CAPÍTULO 6

Rachel se dio una ducha fría y se relajó.

La habitación de huéspedes de la casa era mejor que cualquier habitación de cualquier hotel lujoso en el que se hubiera alojado.

Todo era puro lujo y clase.

Se preguntó qué había planeado Roger.

* * *

Llegaron las seis de la tarde y Rachel bajó las escaleras, vestida de forma casual para el clima cálido en el que se encontraban.

Salió hacia la playa y comprobó que la vista era hermosa.

Había olvidado lo hermoso que podía ser el océano, especialmente durante una puesta de sol.

Vio a Samantha parada allí, admirando la vista del océano.

"Tienes tanta suerte de poder disfrutar de esto todos los días", dijo Rachel.

"En efecto."

"Entonces, ¿qué haces exactamente aquí?"

"¿Qué te dijo Roger?"

"No mucho, desafortunadamente. Solo que eres una especie consejera matrimonial. Pero por lo que parece, ya no estoy muy segura de que ese sea el caso".

"Hago varias cosas", respondió Samantha. "Hago algo de bienes raíces y desarrollo de trabajo en nombre de mi padre. Pero también hago favores para la gente. Favores que disfruto mucho brindando".

"¿Cómo? ¿Asesoramiento matrimonial?"

Samantha mostró una hermosa sonrisa.

"Se puedes decir así también."

"¿Por qué todos son tan vagos acerca de esto? ¿Hay algún secreto que no deba saber?"

"Si quieres saber la verdad, he ayudado a muchas parejas a lo largo de los años. No me importa el dinero. Lo hago por placer. Disfruto ayudando".

"¿Y cómo exactamente ayudas a estas parejas?" Preguntó Rachel.

"¿Cómo piensas? ¿Cuál es la base de una buena relación?"

"Amor", respondió Rachel.

"Sexo", guiñó Samantha. "Ayudo a las parejas a que les funcione el sexo".

Rachel se sorprendió hasta el núcleo, pero no dejó que su rostro lo mostrara.

Se sorprendió de que su amado esposo de veinte años estuviera pensando en eso cuando le hablo de ella.

"¿Entonces eres terapeuta sexual?"

"No me gustan mucho las etiquetas", respondió Samantha. "Pero sé mucho sobre sexo. Sé lo que le gusta a la gente y cómo puede mejorarse. Es un talento natural que tengo".

"No creo que esto sea adecuado para mí. Gracias por la amable hospitalidad, pero debería irme. Tomaré el próximo vuelo a casa".

"Acabas de llegar".

"Lo sé, pero..."

"Roger me advirtió que estarías preocupada por esto".

"¿Te has estado acostando con él?" Preguntó Rachel sin rodeos.

"No. Créeme, tu esposo es un hombre fiel. Simplemente le eché un vistazo y supe que su vida sexual era muy deficiente. Entonces, cuando encontré una oportunidad en mi agenda, le hice una oferta a tu esposo".

Rachel entrecerró los ojos.

"Sí, a cambio de varios miles de dólares del dinero de mi esposo, ¿verdad?"

"Como dije, el dinero no significa nada para mí. Mira a mi alrededor, no necesito el dinero de tu esposo. Pero si no le cobro a la gente, tendré una larga fila de hombres esperando afuera de mi puerta para obtener gratis el servicio."

"Bueno, gracias por la hospitalidad. No quiero perder tu tiempo. Todo esto no es para mí. Tomaré el próximo vuelo disponible".

Samantha asintió con la cabeza.

"Eso es perfectamente comprensible. Puedes quedarte aquí todo el tiempo que quieras. Mi conductor te llevará cuando lo desees. Le devolveré el dinero a tu esposo lo antes posible".

"Gracias."

"La mejor de las suertes con tu matrimonio", dijo Samantha, volviendo su atención a la puesta del sol.

Rachel hizo una pausa por un largo momento.

"¿Qué sabes sobre mi matrimonio?"

"Tu esposo quería esto por una razón específica. Así que sé que tu vida sexual debe ser increíblemente aburrida y monótona".

"Hay más en el matrimonio que solo el sexo. Nos amamos. Somos grandes compañeros en la vida".

"Sigue diciéndote eso", respondió Samantha. "Tu esposo obviamente siente que falta algo en tu relación. Pero si crees que todo es perfecto, entonces siéntete libre de irte".

Rachel hizo otra larga pausa.

"Si me quedo aquí, quiero decir, durante los próximos días, ¿qué va a pasar? ¿Qué voy a hacer aquí?"

"Si te quedas, te enseñaré los placeres de la dominación y la sumisión. Esa es mi especialidad. Alguien como Roger necesita sentir que es el hombre en la relación. Puedo enseñarte cómo servirlo adecuadamente".

"Suena un poco crudo".

"El sexo es crudo. Pero también es hermoso. ¿Cuándo fue la última vez que tuviste un orgasmo alucinante? Del tipo que deja un charco entre tus piernas".

"No me acuerdo", respondió Rachel. "Años. Quizás más".

"Pobrecita. Pero puedo arreglar eso. Las mujeres mayores, particularmente las esposas, son una especialidad mía".

"No vamos a ... ya sabes ..."

"Lo haremos. Haremos todo juntas".

"No puedo hacer eso", respondió Rachel. "Eso es de locos. Nunca antes había hecho nada con otra mujer".

"Piense en esto como una experiencia de aprendizaje. Además, no es de locos si tu esposo piensa que es beneficioso".

"Ciertamente estás muy entusiasmada con todo este proyecto".

Samantha sonrió.

"Tú también deberías estarlo".

"¿Ahora qué entonces?"

"Ahora, vuelvo adentro para prepararme para la cena. Mi chef está haciendo algo delicioso. Si quieres quedarte, únete a mí para la cena. Si quieres irte, habla con mi conductor".

"Quiero quedarme."

"La cena debería estar lista pronto. Podremos conocernos mejor. Mañana es cuando comienza la verdadera diversión".

Samantha mostró otra sonrisa llena de insinuaciones.

Luego se volvió para entrar en su gran mansión.

CAPÍTULO 7

Al día siguiente.

Una pequeña parte del personal les servía el desayuno al aire libre.

Todo era atendido adecuadamente.

Toda la comida estaba recién preparada.

Las dos mujeres disfrutaron mutuamente de su compañía mientras desayunaban.

"Realmente puedo acostumbrarme a esto", bromeó Rachel.

Samantha le guiñó un ojo.

"¿Quién suele cocinar en tu casa? Supongo que eres tú. Pareces una mujer muy domesticada".

"Me criaron a la antigua usanza. Vengo de una larga línea de mujeres amas de casa".

"Típico. Tienes ese aspecto conservador clásico".

"Lo escucho mucho", Rachel se encogió de hombros. "Pero por una buena razón. Me encanta cuidar a mi familia. Me encanta ser la madre y la esposa ideal para ellos".

Samantha asintió con la cabeza.

"Estoy segura de que Roger aprecia todo lo que haces en la casa".

"Lo hace", respondió Rachel. "Tengo mucha suerte de tenerlo. La mayoría de los esposos no aprecian el trabajo que sus esposas hacen por ellos".

"¿Roger te recompensa? ¿Te permite chuparle la polla?"

"¿Perdón?"

"¿Roger te permite chupar su pene cuando has sido una buena chica?"

Rachel se sorprendió por la charla lasciva durante el desayuno, especialmente frente al personal.

Las conversaciones descaradas sobre el sexo siempre le habían parecido de pésimo gusto.

"No creo que sea asunto tuyo", respondió Rachel.

"¿No es así? Pensé que querías mi ayuda."

"Supongo, pero ..."

"Sé honesta. Ambas somos mujeres adultas. Y mi personal es muy discreto. Solo estoy tratando de ayudarte".

Rachel dio un leve suspiro.

"Lo hago por él, solo a veces. No me gusta mucho hacerlo".

"Entonces, ¿en qué consiste tu vida sexual con Roger? ¿Él se sube encima de ti, te da unos cuantos vaivenes y luego se corre?"

"Básicamente."

Samantha casi se rio.

"Esa no es una gran vida sexual. Suena más como una formalidad".

"Funciona para nosotros".

"Obviamente no. Roger te quiere aquí por una razón. Odio darte la noticia, pero Roger es un chico normal y cachondo. Le encanta el sexo. Y le encanta recibir mamadas. Pero es demasiado tímido para pedirle a su linda y pequeña esposa favores extra ".

"Estás siendo presuntuosa".

Samantha levantó una ceja.

"¿Lo estoy siendo? ¿Roger ha rechazado alguna vez el sexo? ¿Parece un chico de prepa cada vez que le chupas la polla? Sabes que tengo razón. Todos los hombres son iguales en lo que respecta al sexo".

"No es así como me crie", dijo Rachel después de una larga pausa. "Probablemente tengas razón sobre Roger. Pero ya no sé cómo complacerlo".

Samantha chasqueó los dedos y alguien del personal trajo un juguete sexual en una bandeja de plata.

Samantha lo recogió y el personal se fue.

El juguete sexual de color carne tenía la forma del pene de un hombre.

"Es sorprendente cuán realistas se han vuelto estos juguetes para adultos", dijo Samantha, sosteniéndolo en alto y maravillada.

A pesar de que estaban al aire libre, a Samantha no parecía importarle sostener un consolador.

Rachel se sintió algo incómoda, a pesar de que no había nadie más alrededor.

"¿No tienes miedo de que alguien pueda pasar y verte con eso?" Preguntó Rachel.

"Es perfectamente legal tener un juguete sexual en el Estado".

Rachel asintió tímidamente.

"Tienes razón."

"Tampoco hay nada malo en besar a uno".

"¿Qué quieres decir?"

Samantha agitó ligeramente el consolador.

"Adelante, dale un besito".

"¿Por qué?"

"Tengo curiosidad de cómo te ves con un pene en la boca".

Rachel parecía nerviosa cuando Samantha le tendió el consolador, que apuntaba a su cara.

Ella se imaginaba que discutir sería inútil.

Ella era una invitada en una casa de lujo.

Ella sabía que sería grosero rechazar la solicitud.

Se inclinó hacia adelante sobre la mesa y besó la cabeza del consolador.

"Ahora abre tus labios", dijo Samantha. "Llévalo adentro".

Rachel se sintió incómoda, pero lo hizo de todos modos.

Ella permitió que el juguete sexual se metiera dentro de su boca.

Samantha comenzó a empujar y tirar del consolador en la boca de Rachel para simular el sexo oral.

"¿Eso es todo?", dijo Samantha, observando atentamente. "Chúpalo. Todo así. Imagina que es el de Roger".

Al escuchar esas palabras se encendió un fuego en Rachel.

Ella chupó más fuerte, más rápido y más duro.

Ella realmente comenzó a realizar sexo oral al consolador.

Antes de que Rachel pudiera continuar, Samantha retiró el consolador de su boca y Rachel se recostó en su asiento.

"No está mal", dijo Samantha. "Pero tus habilidades con la mamada podrían mejorar un poco. Trabajaremos en eso más tarde. Creo que Roger estará muy contento para cuando regreses a casa".

"Eso espero", se sonrojó Rachel.

Samantha sonrió.

"Tenemos un largo día de entrenamiento por delante. Terminemos nuestro desayuno y aprovechemos nuestro tiempo".

Volvieron a comer su desayuno.

Rachel bajó la mirada hacia su comida, pero todavía estaba pensando en las últimas palabras de Samantha.

¿Entrenamiento? ¿Qué demonios habrá querido decir con eso?

CAPÍTULO 8

El dormitorio de Samantha constaba de un área grande y espaciosa.

Y era simple pero elegante.

Los muebles parecían rústicos y caros.

El balcón estaba abierto y tenía una vista perfecta del océano.

"Su esposo me dijo tu tamaño y medidas", dijo Samantha. "Así que seguí adelante y te compré un nuevo guardarropa".

Había una maleta en el medio de la habitación.

Samantha la abrió para revelar una gran variedad de prendas, la mayoría bastante reveladoras, y una gran variedad de ropa interior.

Rachel se quedó estupefacta.

"¿Todo esto es para mí?"

"Todo dentro de esa maleta es para ti. También te he comprado un nuevo kit de maquillaje".

"¿Qué tiene de malo mi maquillaje?"

"Nada, si eres contadora", respondió Samantha. "Pero si quieres darle a tu esposo una erección constante, entonces tendrás que esforzarte un poco más".

"A Roger le gusta como a mí me gusta".

"Eres una mujer muy bonita. Estoy segura de que Roger cree que eres la mujer más bonita del mundo. Pero a veces los hombres solo quieren una puta sucia en el dormitorio. Esos son los hechos".

Rachel hizo una pausa.

"Ya no soy exactamente una mujer joven".

"No hay absolutamente nada de malo en las mujeres de tu edad. Todos aman a las mujeres mayores. Adoro a las mujeres mayores".

"Entonces, ¿qué estamos haciendo?"

"Es bueno ser una ama de casa primitiva y adecuada. Pero también es bueno ser una pequeña zorra sucia en el dormitorio de vez en cuando. Eso es lo que te voy a enseñar".

Rachel respiró hondo.

"Bien. Mantendré una mente abierta a lo que sea que tengas que decir".

"Bien. Ahora desvístete".

"¿Perdóname?"

"Desnúdate. Quítate la ropa. Toda."

"¿Por qué?"

"Pensé que habías dicho que estabas manteniendo una mente abierta" Dijo Samantha con una ceja levantada. "Si quieres mi ayuda, entonces escucha lo que tengo que decir".

Rachel ya tenía claro que discutir con Samantha nunca era una estrategia ganadora.

Ella respiró hondo para armarse de valor, y se quitó la ropa de forma vacilante, doblando cuidadosamente cada prenda y colocándola en la cama cercana.

Era un poco vergonzoso para Rachel desnudarse frente a Samantha, ya que su cuerpo estaba envejecido, y Samantha era muy joven y estaba en forma.

Pero Rachel se dijo a sí misma que era como desvestirse frente al médico.

Samantha probablemente había visto a muchas mujeres desnudas de su edad.

Ella lo ha visto todo.

Cuando termine este viaje, nunca tendré que volver a verla.

Entonces, ¿a quién le importa si ella me ve desnuda?

Se quitó toda la ropa y al final Rachel estaba completamente desnuda delante de una mujer mucho más joven y atractiva.

"Muy femenina y hermosa", dijo Samantha con un poco de insinuación mientras asentía.

"¿Eso crees?"

"Como dije, adoro a las mujeres mayores. Y amo a las amas de casa. Creo que eres extremadamente atractiva".

Rachel se encogió de hombros.

"¿Y qué sigue?"

"Sígueme."

Samantha llevó a Rachel a la cómoda.

Rachel se sentó frente al gran espejo y una mesa llena de productos de belleza de marca.

Ambas miraron el reflejo en topless de Rachel en el espejo.

Entonces Samantha usó una servilleta húmeda para limpiar el maquillaje de Rachel hasta que su cara quedó limpia.

Las arrugas y las líneas de edad en la cara de Rachel se habían vuelto más evidentes.

"Tienes una belleza tan natural, Rachel. Eres muy bonita".

"Gracias."

"Pero no estamos interesadas en lo bonito en este momento", dijo Samantha. "Estamos interesadas en lo sexy. ¿Estás lista para eso, Rachel?"

"Creo que sí."

"Vamos a empezar."

Samantha fue directamente a trabajar aplicando los cosméticos.

Ella aplicó hábilmente una capa de rubor, sombra de ojos, rímel, delineador de ojos y un tono brillante de lápiz labial rojo.

Segundo a segundo, la recatada ama de casa observaba cómo se iba transformando su apariencia.

Cuando ella terminó, Rachel apenas podía reconocerse a sí misma.

"¿Qué te parece?" Preguntó Samantha, orgullosa de su trabajo.

"Se ve ... se ve ... interesante ..."

Samantha palmeó los hombros de la mujer.

"Te acostumbrarás. Solo recuerda, esto es solo para ti y Roger. Para nadie más".

"Entiendo."

"Ahora, vamos a vestirte, ¿de acuerdo?"

Rachel se levantó y siguió el paso de Samantha en la gran habitación.

Samantha buscó dentro de la maleta y sacó una delgada bata roja.

"Pruébate esto", dijo Samantha. "Y mírate en el espejo".

Rachel miró su reflejo desnudo en el espejo mientras se ponía la bata.

Era escasa, delgada y pequeña.

Sobre todo, era semitransparente.

El color de sus pezones y vello púbico eran completamente visibles.

"Es un poco revelador, ¿no te parece?" Rachel expresó en voz alta lo que era obvio.

"Esa es la idea. Cuando estés en casa, quiero que uses esto para Roger en todo momento. Será un matrimonio más feliz".

"¿Quieres que esté prácticamente desnuda en todo momento?"

"Piénsalo, ¿Roger discutiría contigo mientras tus pezones están expuestos?"

"Esa es ciertamente una forma divertida de ver las cosas", respondió Rachel con una risita.

Samantha sonrió.

"He ayudado a muchas parejas a lo largo de los años. Confía en mí, sé de lo que estoy hablando".

Las dos mujeres se sonrieron juguetonamente antes de que ella se probara más atuendos.

CAPÍTULO 9

Más tarde ese mismo día.

Rachel estaba en un estado de profunda relajación.

Estaba en la sala del spa, sola con una masajista entrenada.

Su mente se alejó mientras su espalda recibía un masaje experto.

Era una dicha.

"Me alegra que te estés divirtiendo", dijo Samantha, entrando al spa.

"Esto es el cielo."

"Un buen masaje siempre es celestial. Lamento interrumpirlo, pero acabo de hablar por teléfono con mi padre. Algo ocurrió".

Rachel se incorporó para escuchar las noticias.

Sus senos se mostraban, pero no le importaba.

"¿Está todo bien?" ella preguntó.

"Todo está bien. Pero mi padre está teniendo una cena importante con varios de sus socios comerciales, y quiere que me una a ella. Me quiere al tanto. Además, soy excelente para entretener a los invitados".

"¿Debería irme?" Preguntó Rachel, secretamente temiendo lo peor.

"No, no. Pero no estoy segura de a qué hora volveré, así que ponte cómoda en mi casa. Ya he dado instrucciones al personal para que te preparen una buena cena. Haz lo que quieras después. Hay libros, películas, música, lo que quieras. Mi personal te ayudará con lo que necesites ".

"Gracias, eres muy amable."

Samantha levantó una ceja.

"Si estás de humor para algo un poco más provocativo, entonces prueba la colección de DVD en mi habitación. Quién sabe, es posible que veas algo que te guste".

"Lo tendré en cuenta", respondió Rachel, insegura de cómo interpretar las insinuaciones.

"Diviértete. Intentaré regresar pronto".

"Que tengas una buena noche."

Samantha esbozó una sonrisa maliciosa y se fue.

CAPÍTULO 10

Esa misma noche.

La lujosa mansión se veía un poco aburrida sin su dueña.

Después de una cena temprana, Rachel observó la puesta de sol y exploró la casa una vez más.

Echó un vistazo a lo que tenía para el cine en casa y la colección de música, pero nada le interesó mucho.

Ahora miraba la televisión en la sala de estar.

Las noticias eran lo único que le interesaban.

Se preguntó cómo estaba Roger.

Se preguntó si Roger la echaría de menos.

Llegó el aburrimiento.

Eran las once de la noche y Rachel decidió irse a la cama.

De camino a su habitación, pasó por delante de la habitación de Samantha.

La puerta estaba abierta de par en par.

La oferta de ver los DVD privados de ella todavía estaba presente en la mente de Rachel.

¿Por qué no?

Ella me invitó a entrar en su habitación para mirar.

Rachel entró en el dormitorio principal y fue hacia la gran televisión.

Los DVD no fueron difíciles de encontrar.

Había más de 200 DVDs, estimó.

Todos los DVD eran caseros.

Cada DVD tenía un nombre escrito, junto con una fecha.

Rachel encendió la televisión y el reproductor de DVD.

Ella seleccionó un DVD aleatorio titulado: Joseph 07-03-2018

El DVD comenzó y Rachel se sentó en la cama.

Ella se sorprendió por lo que vio.

Un hombre desnudo apareció en la pantalla.

Era de mediana edad y estaba en una forma normal.

Tenía la cara de un hombre de negocios exitoso.

Su pene era pequeño y estaba flácido.

Se veía tímido.

Estaba mirando directamente a la cámara.

Estaba de pie en una habitación de invitados.

El hombre declaró su nombre, edad y que su ocupación laboral era un promotor de bienes raíces.

La escena se sentía muy extraña e hizo que Rachel se sintiera extremadamente incómoda.

No podía entender por qué Samantha tendría un DVD como ese.

Rachel se levantó y estaba a punto de apagar el DVD cuando de repente, escuchó la voz de Samantha proveniente del televisor.

Estaba comenzando a dar órdenes al hombre desnudo.

Rachel volvió a sentarse para seguir observando.

El hombre desnudo en la pantalla se acarició.

Su pequeño pene se hizo un poco más grande y rígido.

El hombre se arrodilló cuando la voz de Samantha se lo ordenó.

Samantha apareció en la pantalla y Rachel casi jadeó.

Samantha apareció en el video vestida con un corsé de cuero apretado, mostrando sus brazos y piernas.

Había un consolador largo sujeto con una correa entre las piernas de Samantha que debía estar midiendo al menos veinte centímetros.

Samantha se paró frente al hombre arrodillado, y el hombre comenzó a succionar el pene del cinturón con entusiasmo.

Lo único que Rachel podía hacer era mirar casi en estado de shock.

Estaba completamente incrédula de que Samantha hiciera tal cosa con un hombre.

Sus instintos le dijeron que apagara el DVD, pero no pudo.

La pantalla se había vuelto hipnótica.

En el video, Samantha ordenó al hombre que se pusiera de pie y se inclinara sobre la cama.

Lo hizo con entusiasmo.

Samantha luego aplicó una gran cantidad de lubricante en el juguete sexual y se colocó detrás del hombre.

Rachel jadeó mientras veía a Samantha penetrar al hombre.

Fue todo lo que Rachel pudo soportar.

Se puso de pie y apagó el DVD.

Cuando volvió a colocar el DVD en su sitio en la colección, vio otro video etiquetado como Anna 23-05-2019.

Fue grabado hace solo unos meses y la protagonista debía de ser una mujer.

Rachel sintió curiosidad, y ella introdujo el video y volvió a sentarse en la cama.

El video mostraba a una mujer madura y desnuda.

La mujer tenía poco más de cincuenta años.

Evidentemente una ama de casa.

El video también fue tomado en la misma habitación, pero esta vez, Samantha estaba sosteniendo la cámara y hablando con la ama de casa.

Samantha ordenó a la mujer que se arrodillara y se arrastrara hacia el coño de Samantha.

La mujer realizó expertamente sexo oral en el coño bien afeitado de Samantha.

Rachel se sintió abrumada por la lujuria que sintió al ver el video privado de sexo casero de Samantha.

Se agachó y se tocó mientras miraba.

Ella empezó a jugar con su coño.

El lesbianismo y la sumisión nunca fueron sus fantasías, pero había algo fascinante en los videos caseros de Samantha.

Rachel continuó frotando su coño hasta que el video terminó.

Luego reprodujo otro video, esta vez de una pareja.

El tiempo pasó volando y Rachel había ya visto algunos videos más.

Ella se corrió poderosamente viendo el porno casero.

Había pasado mucho tiempo desde que había sentido un orgasmo tan bueno.

Ella cerró los ojos para descansar un rato.

* * *

Rachel se despertó al sentir un dedo frotando su piel.

Sus ojos se abrieron.

Todavía era de noche.

Levantó la vista y vio a Samantha parada sobre ella con una sonrisa en su rostro.

"Veo que has disfrutado de mi colección", sonrió Samantha.

Rachel rápidamente cubrió su coño.

"Oh Dios. Lo siento mucho. Debo haberme quedado dormida".

"No hay nada de que lamentarse. Encontraste algo que te gusta. Ahora estamos listas para el siguiente paso".

Ambas mujeres se miraron a los ojos.

Hubo un breve momento de silencio entre ellas.

Y también hubo un tranquilo entendimiento de que las cosas iban a volverse mucho más interesantes.

TERCERA PARTE:
La esclavitud es nuestro placer

CAPÍTULO 11

El desayuno fue casi incómodo a la mañana siguiente para Rachel.

Era la primera vez en su vida que la habían pillado masturbándose.

Tenía una sensación de vergüenza e incomodidad.

"Debes tener un montón de preguntas", dijo Samantha.

"Algo."

"No seas tímida. Vamos a escucharte".

"¿Qué estabas haciendo exactamente en esos videos?" Preguntó Rachel.

"Diferentes personas tienen diferentes fetiches. Eso es un hecho de la sexualidad humana. Simplemente proporciono un servicio para esos fetiches".

"¿Eres una especie de dominatrix, o como se llame hoy en día?"

Samantha sonrió.

"Cuando quiero serlo. O si alguien necesita mi ayuda".

"¿Llamas a eso ayuda?" Preguntó Rachel, arqueando la ceja.

"Claro que sí. ¿Viste cuánto se corrieron esas personas?"

Rachel de repente se sintió tímida.

"¿Estabas ... umm ..."

"Adelante. Solo pregunta. No voy a morder".

Rachel respiró hondo.

"¿Estabas pensando hacerme alguna de esas cosas a mí o a Roger? ¿Fue ese el plan todo el tiempo? ¿Roger quiere ser sodomizado por una correa? ¿Quiere verme practicar sexo oral con una mujer?"

"Esas son las grandes preguntas, ¿no?"

"¿Me vas a dar una respuesta?"

Samantha hizo una larga pausa dramática mientras bebía el jugo recién exprimido.

"La respuesta es esta", respondió Samantha. "Tu esposo no tiene idea de lo que quiere. Sabe que quiere una vida sexual mejor. Sabe que no quiere tener sexo con una mujer sin emociones todas las semanas".

"¿Roger me llamó una mujer sin emociones?" Rachel preguntó con sentimientos heridos.

"No con esas palabras. Pero por la forma en que describió su vida sexual, bien podrías estar sin emociones".

"Entonces, ¿qué crees que quiere Roger? ¿Qué yo sea sumisa como las mujeres en tus videos?"

"Tal vez. Para eso fue este viaje. Desafortunadamente se ocupó y no puedo ayudarlo. Pero afortunadamente tú estás aquí".

"¿Me está engañando?"

"No. No lo está. Puedo decir que no lo está haciendo. Pero está cerca de hacerlo. El sexo que proporcionas es inadecuado para un hombre como él".

"¿Qué tengo que hacer?" Preguntó Rachel.

"Haz lo que yo te diga. Vístete como te he ordenado. Chúpale la polla como te he enseñado. De hecho, espero que le hagas una mamada todas las mañanas antes del trabajo, y de nuevo cuando él llega a casa. No hay excusas para no hacerlo ".

Rachel asintió con la cabeza.

"Yo puedo hacer eso."

"Pero aún hay más que aprender. El sexo oral no lo soluciona todo, lo creas o no".

"¿Y qué es eso?"

Samantha le lanzó una mirada astuta.

"Tendremos que averiguarlo después del desayuno".

CAPÍTULO 12

Había una tensión perceptible en el ambiente cuando Rachel siguió a Samantha a una habitación privada en la mansión.

La habitación tenía paredes lisas y muebles sencillos.

Había una cama pequeña de solo dos pies de altura.

La cama estaba cubierta de forma sencilla, sin mantas ni almohadas, tan solo una sábana.

"No perdamos el tiempo", dijo Samantha. "Tu marido quiere una mujer sumisa. En el fondo, creo que anhelas una figura sexual dominante".

"Estoy totalmente en desacuerdo", dijo Rachel con firmeza.

"¿Oh?"

"No creo que Roger me quiera de esa manera. Y ciertamente tengo mis límites. Siempre he sentido que una relación adecuada se basa en la igualdad".

"¿Incluso durante el sexo?"

"Sí."

Samantha se lamió los labios.

"Tienes mucho que aprender hoy".

"Mantendré una mente abierta a lo que sugieras".

Samantha asintió con la cabeza.

"Te traje aquí por una razón específica. Esta es una sala para principiantes. Todavía no estás lista para la sala de esclavitud".

"Suena intimidante".

"Intimidante en el buen sentido. Pero por ahora, nos conformaremos con esta habitación porque es fácil de limpiar después de un desastre".

"¿Qué se supone que significa eso?" Preguntó Rachel.

"Significa que voy a hacer que te corras. De la forma adecuada. Te voy a enseñar cómo se siente un verdadero orgasmo".

"Samantha, aprecio todo lo que estás haciendo por mí, pero realmente no creo que sea necesario".

"Por supuesto que sí", respondió Samantha con firmeza. "No puedes convertirte en una verdadera sumisa a menos que hayas sentido los placeres de ello. Comenzaremos lentamente. Te facilitaré un nuevo estilo de vida".

Rachel fue golpeada por la palabra estilo de vida.

Las cosas estaban a punto de volverse más interesantes.

Y tenía curiosidad por saber a dónde se dirigían las cosas.

"Bien", respondió ella. "No discutiré. No me quejaré. Haré lo que me pidas".

"Quiero verte el trasero. Te quiero desnuda de la cintura para abajo. Luego, acuéstate en la cama. Manteniendo los pies en el suelo".

Rachel estaba preocupada por la solicitud.

Pero ella lo hizo de todos modos ya que había dicho que lo haría sin discutir.

Se quitó todo dejando su trasero al aire y colocó su ropa cuidadosamente sobre la cama.

Ahora ella estaba parada con su arbusto moderadamente peludo expuesto a Samantha.

Luego se acostó en la pequeña cama con los pies aún en el suelo.

"Tendrás que afeitarte más tarde", dijo Samantha, mirando el vello púbico.

"A mi esposo le gusta".

"Aféitate hoy. No te preocupes, te volverá a crecer".

Rachel puso los ojos en blanco.

"Obvio."

"Ahora abre las piernas. De par en par".

Rachel lo hizo.

Ella abrió las piernas y le dio a Samantha una clara vista de su coño.

Se sentía insegura mostrando su maduro coño a una hermosa joven, pero suponía que había un propósito detrás de todo esto.

"¿Feliz ahora?"

"Hermoso coño", apreció Samantha. "Es lindo."

"¿Vas a quedarte ahí y mirarlo?"

"Por supuesto que no. Si no te importa, voy a atarte las piernas a la cama antes de hacer que te corras. Relájate, te prometo que lo disfrutarás".

Samantha buscó algo debajo de la cama y sacó una cuerda que utilizó para atar los tobillos de Rachel a los postes opuestos de la cama.

Todo lo hizo con precisión experta.

Estaba claro que Samantha era una experta en cuerdas y esclavitud.

Cuando terminó, las piernas de Rachel estaban extendidas en un estilo águila, atadas, y su coño estaba abierto de par en par.

Un fuerte zumbido resonó en la habitación.

"¿Qué demonios es eso?" Preguntó Rachel, mirando a Samantha.

Samantha levantó un gran juguete sexual vibrante, que parecía y sonaba como una herramienta eléctrica.

El dispositivo tenía una parte superior vibratoria destinada a estimular el clítoris de una mujer.

"Esto va a cambiar tu vida para mejor. Ahora relájate".

Rachel estaba tumbada con los ojos muy abiertos en la cama.

La cosa se acercaba entre sus piernas.

Samantha parecía que estaba a punto de realizar un procedimiento médico con el dispositivo de vibración fuerte.

La parte superior vibratoria se acercó al coño expuesto.

El poderoso vibrador tocó la punta del clítoris de Rachel.

"¡¡¡¡ Aaahhhh !!!!" la ama de casa madura gritó de dolor.

Samantha se apartó por un momento.

"Relájate. Relájate, cariño. Solo relájate mientras te cuido."

La poderosa vibración fue traída de vuelta al clítoris.

Rachel volvió a gritar.

Podría haberle rogado a Samantha que se detuviera.

Ella podría haberse sentado y empujar a Samantha.

Ella podría haber luchado.

Pero ella no lo hizo.

Rachel simplemente se recostó en la cama y absorbió la intensa estimulación.

Aunque fue doloroso, también había un pequeño destello de placer.

El placer creció y creció.

Rachel continuó angustiada, pero trató de relajar su cuerpo.

Ella aceptó el poderoso sentimiento.

Sus piernas tiraban y luchaban contra la cuerda, pero no eso no servía de nada.

Sus piernas no podían moverse.

La sensación en su cuerpo estaba en conflicto.

Ella quería resistirse, pero también quería permitir que los sentimientos fluyeran.

Ella continuó gimiendo y agitándose en la cama.

Samantha presionó la palma de su mano sobre el cuerpo de la ama de casa.

Luego empujó el dispositivo sexual vibrante con fuerza contra el clítoris.

La estimulación fue irreal.

La ama de casa madura gritó de agonía y placer.

Sus piernas lucharon contra la cuerda con todas sus fuerzas.

Era una batalla perdida.

Cuando Samantha insertó dos dedos dentro del coño, entrando y saliendo, Rachel se corrió.

Ella se corría y corría.

Ella lanzaba chorros y más chorros de sus jugos.

Fue un orgasmo húmedo que hizo un verdadero desastre en todas partes.

La espalda de Rachel se arqueaba violentamente.

Los dedos de sus pies se curvaban.

Puso caras extrañas estando casi irreconocible por un tiempo.

Entonces su cuerpo quedó completamente flácido.

Samantha apagó el dispositivo y sonrió ante su trabajo.

Bajó el dispositivo y desató los tobillos de la ama de casa.

Se sentó en la cama y frotó el cabello de Rachel, notando lo hermosa que se veía.

"No luches por hablar todavía", dijo Samantha, todavía frotando el cabello de Rachel. "Solo relájate. Disfruta tu dicha. Estoy segura de que tu clítoris debe estar doliendo ahora mismo".

Rachel asintió con la cabeza.

"Sí."

"Descansa. Deja que tu clítoris se recupere. Continuaremos el entrenamiento más tarde hoy".

Samantha se inclinó para besar a Rachel en la frente, luego en la mejilla, luego en los labios.

CAPÍTULO 13

El tiempo pasó sin prisa.

Almorzaron juntas y hablaron sobre cosas normales.

Una amistad creció entre ellas.

El tema del sexo no había vuelto a surgir, y el clítoris de Rachel tuvo tiempo suficiente para curarse del asalto vibratorio.

Rachel tomó una siesta a media tarde, y cuando despertó, había un hermoso vestido negro sobre su cama.

Un par de zapatos de tacón alto también estaban en la cama.

Había una nota escrita a mano en la parte superior del vestido.

La nota decía:

"Date una buena y larga ducha. Luego aplícate el maquillaje como te enseñé. Y luego ponte el vestido y los zapatos de tacón sin nada más debajo.

Nos veremos abajo en la sala de esclavitud a las seis de la tarde. La puerta estará desbloqueada".

La nota estaba firmada por Samantha.

Un hormigueo creció entre sus piernas.

Rachel se levantó de la cama y se duchó.

Se secó y miró su reflejo desnudo en el espejo antes de maquillarse.

Ella se aplicó cada producto cosmético exactamente como Samantha le había enseñado.

Rachel se puso el vestido frente al espejo del dormitorio.

El vestido era elegante y sexy.

Ella se maravilló de su reflejo.

Parecía una mujer muy diferente.

* * *

Bajó las escaleras exactamente a las seis de la tarde, luego fue por el pasillo.

Fue fácil descubrir dónde estaba la sala de esclavitud.

Era la única habitación en la mansión donde la puerta siempre estaba cerrada.

Ahora la puerta estaba abierta y parecía llamarla.

La sala de esclavitud parecía aburrida en comparación con el resto de la casa.

Era una habitación de tamaño medio sin nada de valor.

Había algunas mesas y sillas.

Había otros artículos de aspecto interesante, como una cuerda que colgaba del techo y dispositivos de aspecto extraño que parecían toscos.

Rachel entró en la habitación y dejó que sus ojos vagaran por ella.

La anticipación creció.

"¿Era esto lo que esperabas?" La voz de Samantha dijo desde atrás.

Rachel se dio vuelta para ver a Samantha vestida con un corsé de cuero rojo y unas botas negras.

Ella mostraba sus brazos y piernas tonificadas, y su cabello estaba recogido hacia atrás.

Estaba vestida como una verdadera dominatrix.

Samantha luego cerró la puerta.

"Esperaba un poco más, para ser honesta", dijo Rachel, escondiendo sus nervios.

"La mayoría de la gente espera más de mi habitación de esclavitud. Pero prefiero la simplicidad. Me gusta tener ese elemento de sorpresa".

"¿Qué quieres decir?"

"Me gusta que la gente subestime esta habitación", sonrió Samantha. "Además, es irrelevante qué tipo de juguetes y dispositivos se utilizan. Es la disposición a someterse, y el poder dominante sobre el sumiso, lo que hace una buena relación erótica BDSM. No los juguetes".

Las manos de Rachel hicieron un gesto hacia la habitación.

"Sin embargo, aquí estamos".

"No me malentiendas", dijo Samantha, caminando hacia la ama de casa. "Me encanta usar juguetes. Y también me encantan las cuerdas. Mejoran mi poder sobre las sumisas de muchas maneras".

"¿Qué me vas a hacer?"

Los ojos de Samantha miraron arriba y abajo a la ama de casa.

"Olvidé mencionar lo hermosa que te ves en ese vestido. Te queda perfecto, mostrando todas tus curvas. Y tu maquillaje, estoy impresionada. Aprendes rápido".

"Gracias. Te ves ... umm ... atractiva con ese atuendo".

"Siempre trato de lucir lo mejor posible".

"Entonces, ¿qué me vas a hacer?" Rachel preguntó de nuevo, casi desesperada por saberlo.

Samantha dio un paso adelante y acercó sus labios al oído de la ama de casa.

"Voy a atarte", dijo Samantha suavemente. "Entonces voy a hacer que te corras una y otra vez. Perteneces a tu marido. Pero esta noche, me perteneces a mí. Tu coño me pertenece a mí. Y tus orgasmos también a mí".

Los ojos de Rachel se abrieron.

"Oh. Yo ... uh ..."

"Asumo que Roger nunca te ha atado".

"Nunca."

"Perfecto. Me encanta ser la primera de alguien. Quédate quieta".

Rachel se quedó quieta, tímidamente, con su vestido caro, mientras observaba a Samantha girar un dispositivo en la pared.

La cuerda que colgaba del techo bajó hasta donde estaba Rachel.

"¿Me vas a atar con eso?" Preguntó Rachel.

"¿Hay algún problema?"

Rachel sacudió nerviosamente la cabeza.

"No."

"Bien. Ahora dame tus muñecas".

Samantha usó la suave cuerda y ató expertamente las muñecas de Rachel.

El nudo estaba apretado.

Las manos de Rachel estaban atadas.

No hizo ninguna resistencia.

Una vez que ella le ató la cuerda, Samantha volvió a la pared y giró el dispositivo en la dirección opuesta.

Esto hizo que las manos de Rachel se levantaran sobre su cabeza.

Nada demasiado doloroso, pero suficiente para evitar que Rachel pudiera moverse.

"¿Cómoda?" Samantha preguntó con una media sonrisa.

Rachel casi tembló mientras estaba parada con las manos atadas sobre su cabeza.

"Me duelen las muñecas".

"Duele porque estás luchando. Relájate. Entrégate a mí".

Samantha abrió un cajón cercano y buscó dentro.

Sacó un cuchillo y caminó lentamente hacia Rachel con una sonrisa perversa, agitando el objeto afilado.

"¡Oh, Dios mío!" Rachel jadeó temerosa, pensando que algo horrible iba a suceder. "¡Por favor no! ¡Dios mío! ¡Dios mío!"

"No seas tonta. No voy a lastimarte. Bueno, no de la forma mala".

Samantha llevó el cuchillo a la parte superior del vestido de Rachel.

Luego cortó hacia abajo, dividiendo el vestido por la mitad.

Samantha puso el cuchillo en una mesa cercana, luego abrió la parte superior del vestido, dejando al descubierto los dos senos redondos de Rachel.

"Ahora pareces una verdadera puta", sonrió Samantha. "Maquillaje de cachonda, cabello bonito, tacones caros y un vestido desgarrado que expone tus viejas tetas caídas. Todos los signos de una puta. ¿No estás de acuerdo?"

Rachel asintió nerviosamente.

"Sí."

"Siempre cumplo con la regla de los diez centímetros. Dime, ¿qué tan grande es el pene de tu esposo?"

"Unos doce centímetros", admitió Rachel.

"El de Roger mide doce centímetros, así que agrego otros diez centímetros. Lo que es un total de veintidós centímetros".

Samantha abrió otro cajón para recoger un consolador de veintidós centímetros.

Ella lo miró, maravillada por el tamaño.

Luego se puso una correa alrededor de la entrepierna y se colocó el consolador de veintidós centímetros.

"¿Vas a poner eso dentro de mí?" Rachel preguntó nerviosamente.

"Te voy a joder con eso", respondió Samantha, aplicando lubricación al objeto sexual. "¿Alguna vez has tenido sexo estando de pie?"

"No."

"Otra primera vez".

Samantha se paró frente a Rachel.

Estaban cara a cara, a solo centímetros de distancia.

Samantha estaba segura y tranquila.

Rachel era un desastre nervioso.

La tensión sexual era espesa en el aire.

Samantha se inclinó hacia delante y le dio a Rachel un gran beso en los labios.

Fue suave al principio.

Luego más apasionado.

Luego se volvió más áspero.

Samantha mordió suavemente el labio inferior de Rachel.

Luego continuaron besándose con la lengua.

Mientras se besaban, Samantha bajó las manos y levantó el vestido de Rachel.

Luego guió la punta de la polla del cinturón hasta los labios de Rachel.

Rachel abrió las piernas mientras estaba de pie.

El consolador apuntó a su coño.

"Voy a penetrarte ahora", susurró Samantha al oído de Rachel.

"Sé gentil."

"No", susurró Samantha.

Mientras las dos mujeres permanecían entrelazadas, Samantha dio un fuerte empujón y entró en el coño de Rachel, causando un jadeo audible.

Samantha dio otro empujón y entró más.

El objeto sexual estaba cada vez más profundo.

En un momento determinado, el objeto sexual de veintidós centímetros fue enterrado completamente en el interior del coño.

Rachel gemía y sus piernas se agitaban.

Samantha mostró su fuerza física agarrando firmemente los dos muslos de Rachel en el aire.

Rachel estaba completamente despegada del suelo, con las manos colgando de la cuerda en el techo.

Sus pies y tacones se agitaban salvajemente con Samantha sosteniendo sus piernas.

"No luches", dijo Samantha, sosteniendo a la ama de casa en el aire. "Cuanto más pelees, más te dolerá. Ríndete a mí".

Samantha se echó hacia atrás y dio otro fuerte empujón, empujando el consolador más adentro del coño.

Las manos de Samantha mantuvieron un firme bloqueo en las piernas de Rachel.

Rachel colgaba en el aire mientras la dominatrix la penetraba.

Ellas estaban jodiendo.

Se miraron a los ojos.

Rachel lloraba y gemía.

Pero ella nunca le dijo a Samantha que se detuviera.

Ella no se atrevió, pero tampoco quiso.

Era parte del entrenamiento, y comenzaba a sentirse placentero mientras su cuerpo se adaptaba al tamaño.

Su cabello estaba revuelto, al igual que sus pies.

Le gustaba ser follada por Samantha.

Su cuerpo estaba encendido.

Las muñecas de Rachel dolían.

La piel alrededor de sus muñecas se estaba volviendo de un tono rojo oscuro mientras su cuerpo colgaba en el aire.

Pero el dolor en sus muñecas no era nada comparado con la sensación que sentía su coño.

El gran juguete sexual estimulaba unos los nervios dentro de su coño que ella nunca supo que existían.

Los empujes continuaron.

Ella gritó y gritó.

Ella lloró y lloró.

Ella gimió y gimió.

"Córrete para mí", dijo Samantha, mirando a la ama de casa con placer. "Córrete para mí, vieja puta sucia".

Rachel empujó sus caderas.

"¡No soy vieja!"

Un orgasmo atravesó su cuerpo.

Rachel gritó a todo pulmón.

Su espalda se arqueó violentamente.

Ella lanzó los zapatos de tacón alto hacia el otro lado de la habitación.

Los fluidos del coñito de Rachel salpicaron por todas partes, dejando un trabajo serio para la señora de la limpieza.

Cuando el orgasmo disminuyó, los ojos de Rachel se volvieron hacia atrás y su cuerpo se relajó.

Samantha soltó su abrazo y Rachel colgó en un estado casi desfallecida de la cuerda alrededor de sus muñecas.

Samantha bajó la cuerda y el cuerpo semiconsciente de Rachel yació en el suelo en una piscina de sus propios jugos calientes.

Cuando Rachel pudo abrir los ojos, vio a Samantha quitándose el corsé, quedándose completamente desnuda.

Rachel no pudo evitar envidiar el perfecto cuerpo desnudo de Samantha.

Samantha se sentó en el suelo y jugó con el cabello de Rachel.

"Roger tiene suerte de tener una puta orgásmica como tú", sonrió Samantha totalmente desnuda.

"Nunca me había corrido así antes. Nunca".

"Me alegra poder haberte servido para ello. Pero recuerda, soy la dominatrix, tu eres la sumisa. Esto es para mi placer, no el tuyo. Y hasta ahora, aún no me he corrido".

Rachel levantó una ceja.

"¿Qué tienes en mente?"

"¿Alguna vez has comido un coño?"

"No."

"Qué virgen eres en todo. Arrástrate hacia mí. Pon tu cara entre mis piernas".

Rachel hizo lo que se le ordenó hacer.

Se arrastró hasta que su cara estuvo a centímetros del coño.

"Bésame los labios", ordenó Samantha, refiriéndose a su propia vagina. "Me encanta que me besen".

Rachel obedeció, besando la capa externa del coño bien afeitado de Samantha.

"Lámelo como una paleta. Luego mete la lengua dentro como si no hubieras comido en días".

Rachel siguió las órdenes, lamiendo el coño y probando los fluidos exteriores.

Su lengua sintió cada punto de los labios.

Luego metió la lengua dentro, lamiendo y chupando.

Era la primera vez que comía un coño, y se dio cuenta de que sabía bien.

"Eso está bien", gimió Samantha. "Sigue así. Sigue lamiendo como una buena gatita".

La ama de casa, una vez recatada, primitiva y adecuada, se había convertido rápidamente en una experta comedora de vaginas.

Ella lamió y chupó con entusiasmo.

Su lengua acarició arriba y abajo.

Momentos después, Samantha se corrió y lanzó un grito agudo.

Sus piernas temblaron, luego se relajó.

Los ojos de Samantha se iluminaron.

"Dios mío. ¿Quién podía saber que lo podías hacer de forma tan natural?"

Rachel sonrió y apoyó la cabeza en el muslo de Samantha.

"Sabes bien".

"¿Eso crees?" Samantha preguntó retóricamente.

Rachel besó el muslo de la dominatrix.

"Sí."

Las dos mujeres continuaron su momento de consuelo mutuo.

Rachel cerró los ojos y volvió a apoyar la cabeza sobre el muslo de la dominatrix.

Samantha miró a la bella ama de casa y le acarició el pelo.

CAPÍTULO 14

Días después.

Después de recoger su equipaje, Rachel empujaba un carrito con dos maletas adentro: una con su ropa normal, y la otra la que Samantha le había dado.

Ella vio a su esposo esperando afuera.

Se devolvieron grandes sonrisas.

Roger estaba feliz de ver a su esposa tan bien bronceada y relajada.

Él corrió hacia Rachel.

Ella detuvo el carrito y le dio un gran abrazo sofocante.

Fue un momento especial.

Ella quería que ese día fuera un nuevo comienzo para su matrimonio.

"Te extrañé mucho", dijo Roger.

Rachel acercó sus labios a su oído y le susurró: "Me llevarás a casa y me amarrarás a la cama de la habitación. Luego me vas a meter tu polla en la garganta. Y luego me vas a follar. ¿Entendido?"

Él retrocedió un poco para ver bien a su esposa, asombrado por su lenguaje sucio.

Había un brillo especial en los ojos de Rachel.

Un hambre

Una lujuria.

Roger se dio cuenta que su esposa era una mujer diferente.

Roger asintió, aceptando la invitación.

Rachel sonrió y le dio un beso.

FIN

62

ESCRITORA BDSM
POR
ERIKA SANDERS

PRIMERA PARTE
LA REACCIÓN

64

CAPÍTULO I

El mayor temor de Samantha era que alguien la reconociera en estas fotos.

Pero ese problema se resolvía mediante el uso de una máscara delgada.

La máscara era pequeña y solo cubría sus ojos y nariz, lo cual era lo suficientemente bueno como para mantener su anonimato.

Ella hizo diferentes poses para el fotógrafo.

Era una sesión de rodaje elegante con un tono sumiso.

Varias cuerdas ataban ligeramente su cuerpo pequeño y delgado, que estaba cubierto con un delgado vestido negro.

Sus muñecas también estaban atadas juntas y ahora se estaban tomado fotos de ella tirada en el suelo.

Era una sesión artística realizada por un fotógrafo local semi famoso, que vendía los retratos en diferentes galerías de arte.

"Así, muy hermosa", decía el fotógrafo, alejándose. "Date la vuelta. Sobre tu estómago. Bien. Date la vuelta".

Fue lo más divertido que Samantha hizo en mucho tiempo.

Se daba la vuelta como una cachorrita de esclavitud.

Entonces ella rodó hacia atrás.

Había una leve sonrisa en su rostro, viviendo su fantasía.

El fotógrafo notó la sonrisa de Samantha, y él le devolvió la sonrisa, tomando más fotos en el proceso.

"Creo que hemos terminado por hoy", dijo, bajando la cámara. "Estuviste excelente".

Ella se levantó y caminó hacia él con las muñecas atadas apuntando hacia adelante.

"Solo hacía lo que me decías", sonrió.

El fotógrafo desató sus muñecas, finalmente liberándola de todas las cuerdas de la esclavitud.

Había pequeñas marcas rojas en sus muñecas.

"Lo siento por eso. Tal vez las puse un poco demasiado apretadas".

Ella sacudió la cabeza y se quitó la máscara.

"No te preocupes por eso. Creo que yo estaba tirando demasiado fuerte. Y se desvanecerán pronto las marcas".

"Chica dura."

"Hablando de ser dura, ¿hay alguna posibilidad de trabajo extra?"

"Depende", respondió el fotógrafo. "Hay una próxima exhibición de arte en unas pocas semanas. Si tus retratos se venden, me encantaría contratarte para más fotos".

Ella sonrió.

"Eso lo espero con ansias".

CAPÍTULO II

Después de vestirse, Samantha fue directamente a su dormitorio.

Todavía quedaba mucho trabajo escolar por hacer.

La clase más desafiante del semestre era su curso de escritura creativa, que se centraba en la elaboración de historias completas.

Esa era la clase en la que quería trabajar más porque le daba una salida para escribir.

A ella le encantaba escribir.

Y ella quería convertirse en novelista algún día.

Lo más importante, le daba una plataforma para comenzar a escribir su primera novela bajo la tutela de un destacado profesor.

Era un profesor al que había admirado profundamente mucho antes de asistir a su clase.

Era un profesor que había escrito varios libros, que Samantha había amado, leyéndolos, mientras crecía.

Esos libros antiguos influyeron en el estilo de la escritura de Samantha, y ella estaba emocionada con la oportunidad de que él le enseñara.

Terminó de escribir el bosquejo de una página de su próxima historia ideada mientras estaba sentada en su cama.

Necesitaba enviárselo al profesor antes de su próxima reunión.

Después de pasar horas escribiendo y pensando, el estado de trance de Samantha se rompió cuando dieron unos golpes a la pared.

Era su hermosa compañera de cuarto y mejor amiga desde la escuela secundaria, vestida solo con una toalla y con el cabello recién secado después de la ducha.

"¿Todavía estás escribiendo tus cosas?" Vicky preguntó.

"Oh, claro, aún estoy con ello".

"Entonces, ¿cómo te fue hoy con tus fotografías?"

Samantha levantó los pulgares.

"Bastante bien."

"Me encantaría ver el nuevo book".

"Espera, déjame comprobar si ya me las ha mandado".

Samantha abrió rápidamente su cuenta de Gmail y vio algunos correos electrónicos nuevos.

Había un correo electrónico del fotógrafo que abrió y descargó el archivo que contenía.

Había treinta y ocho imágenes en total.

"Ya están, te las enviaré de inmediato", dijo Samantha. "Y déjame saber lo que piensas. Personalmente, creo que es algo muy bueno. Me gusta más que lo que hice la última vez".

Por supuesto, Samantha valoraba mucho la opinión de Vicky sobre el asunto, porque su amiga había hecho mucho trabajo de modelaje ella misma, y además planeaba trabajar en la industria de la moda algún día como diseñadora.

Vicky dejó caer la toalla y se quedó desnuda.

"Las echaré un vistazo más tarde. ¿Ya te duchaste? Esa fiesta es en una hora".

"Oh, mierda."

Vicky se puso un sostén.

"Es uno de esos días, ¿eh?"

"Maldición, espera".

Samantha rápidamente abrió su correo electrónico y le escribió un mensaje al profesor.

Ella adjuntó el documento de Word y luego lo envió.

Entonces Samantha abrió otro correo electrónico y le escribió un breve mensaje a Vicky.

Ella adjuntó el archivo con las treinta y ocho fotos de esclava sumisa y envió el correo electrónico.

Después Samantha cerró su computadora portátil y saltó de la cama.

Pasó junto a su compañera de habitación semidesnuda y entró en el pequeño baño, que todavía estaba un poco húmedo ya que Vicky acababa de usarlo.

Se desnudó, luego entró en la cabina de ducha abriendo el grifo para dejar caer una cascada de agua caliente.

Mientras se enjabonaba y lavaba el cabello con champú, Samantha pensó en su próximo proyecto de escritura y en reunirse con el profesor.

Pensó en cómo le explicaría su trabajo.

Cómo lo presentaría ella.

Cómo iba a expresarse.

Los puntos principales que quería transmitir para que el profesor entendiera sus pensamientos y, con suerte, le proporcionara la aprobación y la comprensión que tanto necesitaba.

También pensó en cosas triviales, como qué ponerse.

Ella quería lucir elegante, pero atrevida, sin enviar tampoco señales equivocadas.

Ella quería parecer inteligente sin ser demasiado tensa.

Tampoco quería parecer demasiado simple, o fácil, o perdería el respeto del profesor.

Ella necesitaba verse bien.

Tal vez le pediría a Vicky su opinión más tarde también sobre ese asunto.

Samantha cerró el agua, se secó el pelo y volvió a la habitación del dormitorio, donde Vicky ya estaba vestida, y estaba usando su propia computadora portátil.

"¿Qué opinas de las fotos?" Preguntó Samantha, mirando dentro de su armario.

"¿Te refieres a tu escrito?"

"No, a mis fotos, obviamente".

"Bueno, pues accidentalmente me enviaste tu escrito", informó Vicky. "Se ve bastante bien. No soy muy lectora, pero compraría este libro si lo escribes".

Samantha se congeló.

Sus ojos se abrieron y su estómago se hundió.

Se apresuró hacia su computadora portátil y revisó su cuenta de Gmail.

Revisó sus correos enviados, para ver el mensaje que le había enviado al profesor.

Entonces miró en el archivo adjunto.

"Oh, Dios".

Se cubrió la boca con la mano cuando se dio cuenta de que accidentalmente le envió al profesor las treinta y ocho fotos de esclavitud.

"Mi … vida … está … arruinada", gimió Samantha, derrumbándose en su cama, con ganas de llorar en el proceso.

"Mierda, ¿acabas de enviarle esas fotos a tu profesor?" Vicky se rio de una manera divertida.

Samantha enterró la cara en la almohada.

"No quiero hablar de ello."

"Mira el lado positivo. Si es un tipo normal, probablemente te dará una A por la clase. La desventaja es que probablemente tendrás que chuparle la polla. A menos que sea sexy, entonces te harás con ganas. Tú ya sabes, todo ese tema de profesor / estudiante ".

"Me reuniré con él mañana. Dios, espero que no me denuncie por tratar de solicitar sexo o algo así. Podría ser expulsada de la escuela".

"¿Hay una regla en contra de enviar al profesor fotos de sumisión?" Vicky preguntó.

"No lo sé."

"Bueno, te duchaste súper rápido. Quizás aún no lo haya visto. ¿Por qué no lo llamas y le dices que evite ver tu correo electrónico?

Samantha se sentó derecha, con lágrimas en los ojos.

"Eres un genio."

Buscó en el programa del curso el número de celular del profesor, pero no estaba allí, a diferencia de otros profesores.

El único curso de acción sería rezar para que aún no lo haya visto.

Ella envió otro mensaje de advertencia por adelantado.

Ella envió un correo electrónico con el título: POR FAVOR, NO ABRA EL OTRO CORREO ELECTRÓNICO

"Profesor,

soy Samantha. Tenemos una cita mañana por la mañana. Le envié otro correo electrónico hace unos momentos. Sinceramente espero que no lo haya abierto. Si no, por favor no lo haga. Si es así, lo siento mucho. Fue un accidente.

Aquí le envío mi escrito.

Espero que este error no ponga en peligro nuestra relación académica. Todavía planeo verle mañana para discutir el proyecto de escritura.

Con mis mejores deseos,

Samantha".

Luego adjuntó el archivo con el escrito, revisando que lo hacía bien esta vez.

Una vez que se envió el mensaje, Samantha cayó de nuevo sobre la cama.

Se dio cuenta de que su toalla se había abierto y su seno izquierdo estaba parcialmente expuesto, pero no le importó.

Todavía tenía una fiesta a la que llegar.

Pero no tenía idea de si alguna vez podría volver a divertirse.

CAPÍTULO III

Justo antes de la reunión de la mañana, Samantha se acomodó sacando unas prendas de su armario.

Pantalones de color caqui, una camisa blanca abotonada y un chaleco oscuro.

Informal, pero con clase.

Llevaba el pelo recogido en una cola de caballo y llevaba un maquillaje mínimo.

Lo último que quería hacer era emitir vibraciones eróticas, especialmente después de ese horrendo error del correo electrónico, que el profesor tampoco se molestó en responder.

Ella fue a su oficina en el edificio de humanidades.

Cuando llegó allí, vio, a través de la puerta acristalada, al profesor sentado detrás de su escritorio usando la computadora.

A Samantha le molestó un poco que el profesor estuviera en su computadora, y que nunca se molestara en enviarle un correo electrónico de respuesta.

Oh, bueno, pensó, eso le hubiera ahorrado algo de la incomodidad.

Llamó a la puerta para llamar su atención.

"Justo a tiempo", dijo el profesor. "Cierra la puerta y toma asiento".

El profesor era mucho mayor que ella.

Tal vez tendría unos cuarenta y cinco o cincuenta años, el doble de su edad.

Era bastante guapo, con un comportamiento severo y fuerte.

Había un aire de sabiduría en él, lo que hacía evidente que era una persona muy inteligente.

Cerró la puerta y se sentó en la silla frente al escritorio del profesor.

Se sentó en posición vertical con una postura perfecta, mientras que el asunto del correo electrónico aún permanecía en su mente.

Se preguntó si él lo abordaría o no.

Hasta ahora, ese no parecía ser el caso.

En cambio, el profesor colocó un trozo de papel sobre el escritorio.

Era una copia impresa de la tarea de Samantha, con notas escritas a mano por todas partes.

"Soy de la vieja escuela", dijo. "Prefiero escribir sobre papel y comentar con un bolígrafo. ¿Empezamos ahora?"

Ella asintió.

"Por supuesto."

"Llegaré al asunto en cuestión, me gustan tus ideas. La historia de una joven que ha encontrado su camino en la vida es muy recurrente, pero este es un nuevo giro. Si no recuerdo mal, el primer día del curso, dijiste que querías convertirte en novelista, ¿verdad? "

Ella asintió.

"Así es."

"Y dijiste que querías convertir esto en tu primera novela que esperas publicar algún día, ¿eso también es correcto?"

"Eso es absolutamente correcto. Y no le he dicho esto, pero en realidad soy una gran admiradora de sus libros. Son inspiradores para mí. Y valoro mucho sus comentarios".

"Aprecio las amables palabras", dijo en un tono tranquilo. "Estoy aquí para ti y para todos mis otros estudiantes. Por eso me convertí en profesor, para transmitir mis conocimientos, los que sea que tenga, para ayudar a la próxima generación de escritores".

Samantha lo miró con una mezcla de preocupación y angustia, como si estuviera profundamente humillada simplemente sentada allí.

"¿Algo anda mal?" preguntó el profesor.

Ella reunió su coraje.

"¿Miró el correo electrónico anoche?"

"Obviamente lo hice. Estamos discutiendo tu tarea de escritura, ¿no?"

Se sentía como una idiota.

"No ese correo electrónico. Me refería al otro, ya sabes, el correo enviado por accidente. Había un archivo adjunto. ¿Lo descargó?"

"Es mi trabajo mirar lo que me envían los estudiantes. Entonces sí, cuando vi el archivo adjunto, lo abrí".

"¿Vio mis fotos?" Samantha preguntó retóricamente.

"El encabezado de tu correo electrónico era que era tu tarea. No soy un lector de mentes, Samantha. Sí, vi tus fotos. Pero no te avergüences".

Ella exhaló un breve suspiro de alivio.

"¿Entonces no está decepcionado conmigo?"

"¿Por qué lo habría de estar?"

"Porque su estudiante, que va a una prestigiosa universidad, posara para fotos como esas".

"No juzgo a las personas por explorar otros caminos", respondió. "De eso se trata la vida, ¿no? Descubrir lo que te gusta, lo que no te gusta, y luego tomar decisiones".

"Gracias."

"¿Porqué?"

"Gracias por no ser un imbécil", dijo. "Disculpe mi lenguaje, pero estoy seguro de que otros profesores de esta universidad me habrían expulsado. O eso, o exigirían sexo oral o algo así".

"En realidad, estaba a punto de solicitar tus servicios".

Ella se sorprendió.

"¿En serio?"

"Solo estoy bromeando. Probablemente tengas razón. Otros profesores podrían haber interpretado ese correo electrónico como una solicitud sexual. Pero no soy como otros profesores. Entiendo que las personas cometen errores con los correos electrónicos ".

"¿Qué pasa con las fotos en sí?" ella preguntó. "¿Lo consideras un error de mi parte?"

"¿Tú sí?"

Samantha se sentó erguida y desafiante.

"No, no lo sé. Estoy orgullosa de las fotos que me tomaron. Creo que son hermosas y artísticas".

"Si eso es lo que piensas, ¿quién soy yo para juzgarlo?"

"Me alegro de que hayamos resuelto eso", respondió aliviada.

"¿Por qué no incorporas esto a tu novela? Has insinuado temas de sexualidad para la historia que planeas escribir, así que ¿por qué no incorporar algo de esto? No tienes que entrar en detalles, sino hablar sobre tu misma exploración".

"Honestamente, no sé si puedo hacerlo".

"¿Tienes experiencia con el estilo de vida de esas fotos? ", Preguntó.

Ella negó con la cabeza.

"En realidad, no ".

" ¿Por qué no, si puedo preguntar? "

Samantha pensó por un momento.

"Nunca he encontrado a alguien en quien pueda confiar para hacerlo. Quiero decir, tener relaciones sexuales es una cosa, pero la sumisión es otra cosa. Siento que es mucho más íntimo y debería compartirse solo con la persona adecuada".

"Por eso me gustas. Eres inteligente, talentosa y fuerte. Hay muchos idiotas por ahí. Pero una verdadera relación Amo - sumisa se basa en la confianza y el afecto. El Amo debe respetar a la sumisa. Debe haber confianza. Solo entonces una sumisa puede ser completamente libre para dejarse llevar ".

Una sonrisa apareció en el rostro de ella.

"¿Cómo sabe todo esto?"

"Normalmente no hablo de esto, pero fui un Amo para varias mujeres en mi vida. Las mujeres fueron muy sumisas y me dieron obediencia total. A cambio, las cuidé, emocional y sexualmente. Fueron relaciones basadas en confianza y un entendimiento mutuo ".

Por un momento, Samantha estaba asombrada.

Ella esperaba que la cita en la oficina fuera dolorosamente incómoda.

En cambio, lo que consiguió fue un profesor sexualmente avanzado que aparentemente la entendía.

"Está bien", dijo ella. "Creo que tiene razón. Tiene sentido incorporar algunas de estas cosas en mi proyecto de escritura. No todo lo relacionado con la esclavitud, obviamente, sino la autorreflexión y el descubrimiento".

El profesor dobló el papel.

"Entonces ahora no necesitarás todas mis notas, ya que la historia ha cambiado. Pero llévatelas contigo. Sugiero que encuentres una nueva historia para la segunda mitad de tu novela, junto con un nuevo final. Muchos estudiantes consideran que este curso en sí es revelador. Aprenden cosas sobre sí mismos durante el proceso de escritura. Eso es lo que me encanta de enseñar ".

Una sensación de desilusión se apoderó de Samantha cuando el profesor puso el papel doblado frente a ella.

"¿Se acabó nuestra reunión?" ella preguntó.

"Sí. Obviamente tienes que cambiar partes de tu historia, así que mis comentarios ahí son básicamente inútiles".

"¿Podemos vernos de nuevo? Todavía quería hablar con usted para que me diera algunos consejos de escritura".

"Podemos discutir la escritura una vez que hayas manejado tu trama".

Una sensación de confianza y comprensión recién descubierta se apoderó de Samantha.

Fue como una epifanía.

Su amor por la esclavitud y la escritura aparentemente se unían por primera vez.

Ella asintió.

"Gracias por todo. Es usted el mejor".

"¿Por qué tengo la sensación de que estás planeando algo?"

"Solo mi primera novela", sonrió.

"Quise decir lo que dije. Me gusta el hecho de que eres cautelosa con tus fantasías y tu cuerpo. Si puedo enseñarte una sola cosa, sería no hacer nada estúpido con tu cuerpo. Respetarte a ti misma. Eso es lo más importante Puedo enseñar a una mujer joven como tú ".

En ese momento, Samantha sintió algo por el profesor.

Lo sintió en su mente, corazón y entre sus piernas.

Ella lo sabía.

Y el profesor se dio cuenta de lo que debía estar pensando ella.

SEGUNDA PARTE
LAS IMÁGENES

78

CAPÍTULO I

Pasaron algunas semanas.

Con el éxito obtenido en la galería de arte, el fotógrafo le pidió a Samantha que regresara al estudio a hacerse más fotografías, y ella aceptó con gusto.

Era su oportunidad de escapar del estrés de la vida y disfrutar de una fantasía.

Además, el dinero que recibiría por ello estaba bien.

Como vestuario llevaba puesto un pequeño atuendo negro, que consistía en un sujetador y bragas de cuero.

También llevaba botas negras.

Finalmente, y lo más importante, llevaba la pequeña máscara negra.

Dios no quiera que alguien la reconociera.

Mientras se colocaba el atuendo y la máscara, Samantha sintió una oleada de emoción al prepararse para la sesión de fotos.

De una manera extraña, ella entendió las necesidades que tenían los adictos.

Esta era su adicción.

Algo que ansiaba emocional y físicamente.

Cuando estuvo lista, entró en el estudio donde el fotógrafo estaba preparando su cámara.

Las luces, los accesorios y los fondos ya estaban puestos en su lugar.

Tuvieron sus charlas y bromas habituales.

Samantha expresó su gratitud y felicidad porque los otros retratos se hubieran vendido bien.

El fotógrafo señaló que todo fue gracias a ella.

"¿Vamos a continuar donde lo dejamos?" preguntó el fotógrafo, sosteniendo la cámara en la mano, con la correa alrededor de su cuello.

"En realidad, me gustaría probar algo un poco diferente hoy".

Él parecía abierto a eso.

"¿Tienes algo en mente?"

"En realidad no. No lo sé. Pero me siento un poco más aventurera".

Él pensó por un momento.

"¿Qué tal enseñar algo más de piel? Sé que siempre has estado preocupada por eso, pero más piel generalmente ayuda con las ventas".

Después de un breve momento de vacilación, Samantha tiró del lado izquierdo del sostén hacia abajo, para revelar parcialmente su pequeño pezón rosado.

"¿Qué hay sobre eso?" ella preguntó.

Él se mantuvo profesional al respecto.

"Podemos hacerlo así. Claro. ¿Qué tal con la esclavitud? ¿Lo mismo que antes?"

"Las manos detrás de la espalda esta vez. Y de rodillas. Me gusta el aspecto vulnerable que tendré".

"¿Había algo en tu café hoy?" bromeó él.

"Déjate. Lo único que ocurre es que soy una mujer con una idea en mente ".

"Lo que tú digas. Me gusta esa idea. Comencemos con esto. Te ataré las muñecas por detrás".

El fotógrafo bajó la cámara y dejó que colgara del cuello.

Luego fue a por las cuerdas.

Samantha se dio la vuelta y se llevó las manos a la espalda.

Antes de que él le atara las cuerdas, ella lo detuvo.

"Espera, espera un momento".

Samantha extendió la mano hacia delante y bajó también un poco la parte derecha del sostén, exponiendo sus dos pequeños pezones rosados.

Luego, rápidamente llevó las manos a la espalda de nuevo.

"Está bien, ahora estoy lista", dijo.

El fotógrafo ató la cuerda y formó un nudo, uniendo las manos de Samantha.

Esto le dio a ella una extraña sensación de satisfacción, especialmente ahora que sus pezones estaban expuestos.

"Ahora estamos listos para seguir. Dame una pose. Como te sientes aventurera hoy, te dejaré improvisar. Haz lo que quieras".

Samantha se enfrentó al fotógrafo, que retrocedió unos pasos y comenzó a tomar fotografías.

Le hacía sentir extraña que un hombre tomara fotos de sus pezones desnudos, mientras tenía las manos atadas.

Fue tan emocionante y sintió un zumbido entre sus piernas y sensaciones de hormigueo a través de sus pezones.

No había mucho que pudiera hacer con sus brazos.

Y estaba acostumbrada a recibir instrucciones mientras modelaba.

Así que el comienzo fue un poco incómodo.

Poco a poco se acostumbró, moviendo los hombros, las caderas y los pies para formar diferentes poses.

Luego se puso de rodillas.

Una pose vulnerable.

Él tomó diferentes disparos desde diferentes ángulos.

Ella se puso de lado.

Le tomó más fotos.

Se dio la vuelta, presionando su estómago y sus pezones contra el suelo.

Le tomó fotos de su trasero.

Luego rodó sobre su espalda, con las manos atadas detrás de ella, los pezones apuntando hacia arriba en el aire.

Le tomó más fotos y sintió una descarga de adrenalina.

Gracias a Dios por la máscara, que le permitía preservar su identidad cuando estas imágenes se publicarían en varias galerías de arte, vistas por Dios sabe cuántas personas.

El exhibicionismo era una extraña emoción para ella.

Pero no tanto como la sumisión.

CAPÍTULO II

Después de una rápida sesión de masturbación en su dormitorio, Samantha se lavó las manos y se acomodó en su cama.

Se sentó derecha con la espalda contra la almohada y la computadora portátil en su regazo.

Recién salida de la sesión de fotos, estaba armada con nuevas emociones y experiencias, lo cual era perfecto para una escritora aficionada como ella.

Abrió el procesador de textos y continuó con su tarea de escritura, que también sería la base de su primera novela.

Ya tenía varias páginas hechas.

Mientras escribía Samantha, se encontró con un obstáculo.

Se preguntó cuánto de su vida personal usaría.

Se preguntó hasta qué punto el personaje de la historia elegirá explorar.

Y explorar ¿qué?

La fantasía de Samantha era la sumisión sexual.

Eso es lo que ella siempre había anhelado.

Eso es lo que ella quería.

Pero poner eso en el libro permitiría a su familia y amigos conocer sus pensamientos internos, porque todos lo estarían leyendo.

Se preguntarían si Samantha estaba escribiendo una historia puramente ficticia, o si estaba expresando sus propios deseos y usando el libro como medio de comunicación.

Era el dilema del escritor.

Afortunadamente, ella conocía al hombre con quien podía hablar sobre esto.

Abrió su cuenta de Gmail y vio que tenía dos correos electrónicos.

Uno de una amiga, el otro del fotógrafo que acababa de enviar por correo electrónico el último conjunto de imágenes que habían hecho juntos ese mismo día.

Pero eso no era importante en este momento.

Ella escribió un mensaje con un encabezado directo: ¿Podemos vernos?

"Hola profesor,

espero que esté bien. El progreso en mi tarea de escritura ha sido constante, pero he llegado a un obstáculo en los términos de la historia.

Más específicamente, estoy luchando con la cantidad de mi vida personal que debería incluir en ella. Y sí, me estoy refiriendo al tema que discutimos en su oficina hace unas semanas. Estoy segura de que entiende cómo debo sentirme al respecto.

¡Ayúdeme por favor!

Samantha"

Envió el mensaje.

Luego leyó el correo electrónico de su amiga y envió una respuesta rápida.

Por último, abrió el correo electrónico del fotógrafo, que tenía un breve comentario junto con un archivo adjunto, que tenía un total de sesenta y ocho imágenes.

Ella descargó el archivo y miró brevemente las imágenes.

Era un poco surrealista verse así a sí misma.

Las manos atadas a la espalda.

La máscara que ocultaba su identidad.

Y sus pezones expuestos.

Las fotos de ella puesta de rodillas y sobre su espalda eran emocionantes.

Los entusiastas del arte erótico definitivamente comprarían esas imágenes en la próxima exhibición en exposiciones de arte.

Estaban brillantemente hechas, pensó Samantha.

Se preguntó brevemente si debería enviar esas mismas fotos al profesor.

Quizás a él también le gustaría verlas.

Obviamente comprende las elecciones de Samantha, lo que ella apreciaba profundamente.

Además, esas imágenes eran algo relevantes para su tarea de escritura, ya que era una expresión de su propia sexualidad y exploración.

Samantha redactó otro correo electrónico con un encabezado corto y un mensaje breve para el profesor.

Adjuntó el archivo con las sesenta y ocho imágenes que el fotógrafo le había tomado ese mismo día.

Le estaba enviando a su profesor más fotos de esclavitud, solo que esta vez, sería a propósito, no por accidente como antes.

Su dedo se demoró un poco sobre el botón 'enviar' del correo electrónico.

Ella dudó.

Luego borró el correo electrónico por completo.

¿Qué pensaría el profesor si ella le enviara otro conjunto de fotos de esclavitud?

Probablemente que se estaba burlando de él, pensó, teniendo en cuenta que le dijo que el otro había sido un error.

O que ella estaba tratando de seducirlo de una manera desesperada.

Llegó un correo electrónico.

Era una respuesta del profesor:

"Por supuesto, mañana estoy libre a las nueve de la mañana. Doy otra clase a las diez de la mañana así que el tiempo es limitado.

Envíame tu historia. La leeré esta noche y podemos discutirla mañana.

Profesor "

Las cosas estaban en marcha y las ruedas se habían puesto en movimiento.

Ella le respondió por correo electrónico con un archivo adjunto de su historia.

Se preguntó qué pensaría él.

CAPÍTULO III

A la mañana siguiente.

La puerta de la oficina del profesor estaba abierta.

Como de costumbre, parecía estar trabajando, mirando algunos papeles en su escritorio.

Samantha se había vestido de manera similar a su última reunión.

Algo casual, pero con clase. No muy sexy, no demasiado mojigata.

Ella no quería enviar las señales equivocadas, especialmente con lo que discutirán.

Después de tocar a la puerta, el profesor vio a la estudiante y la invitó a entrar.

Intercambiaron algunas bromas mientras ella se sentaba frente a él en el escritorio.

Claro, habían hablado muchas veces en clase, pero una reunión privada siempre era más especial.

"¿Lo leyó todo?" ella preguntó.

"Lo hice. Y realmente me gustó", respondió. "Un trabajo sólido. Tienes un buen talento. Creo que tu fuerza como escritora es tu realismo. Hay una gran profundidad en los personajes".

El orgullo estallaba dentro de Samantha, pero ella logró contenerlo.

"Gracias. He pensado mucho en esto ".

"Estoy seguro de que lo hiciste. Como tarea de escritura, este es probablemente un trabajo de nivel A", explicó. "Pero no estás satisfecha con eso, ¿verdad? Estás buscando convertirte en novelista".

"Así es."

El profesor tomó algunos papeles.

"Algunas notas que hice, que quería comentar contigo. Son ejemplos simples para expandir tus descripciones e historias secundarias para que puedas completar un buen libro. Aunque no espero que hagas eso ahora. Francamente, si cada estudiante me entregara una novela larga me vería sumido constantemente en la lectura ".

Samantha tomó los papeles y sus ojos leyeron rápidamente las notas.

"Esto es increíble. Gracias".

"No hay necesidad de agradecerme".

"¿Hace esto por todos los estudiantes?" ella preguntó.

"Solo para los estudiantes que desean convertirse en novelistas y quieren un nivel adicional de crítica. Siempre estoy dispuesto de ayudar en ese sentido".

"¿Alguna vez te has acostado con una estudiante?" preguntó sin rodeos, sin preocuparse por las posibles consecuencias.

"¿Por qué me preguntas eso?"

"Estoy haciendo una investigación de personajes para mi tarea de escritura".

Él sonrió.

"¿Es así? Eres una chica directa, ¿lo sabías?"

"Las chicas tímidas no pueden entrar a una escuela como esta. Eso es seguro".

"Probablemente tengas razón en eso".

"Entonces, ¿cuál es la respuesta?"

"Lo hice, con una estudiante hace unos años", respondió. "Pero ten en cuenta que no fui un acosador. Nunca he perseguido a una estudiante sexualmente. "

" Entonces, ¿cómo sucedió? "

"Digamos que teníamos un amigo mutuo y nos conocimos en una fiesta. Una fiesta de swingers. Ambos teníamos extremos opuestos del mismo interés. Era una sumisa incondicional. Yo era un Amo experimentado. Puedes imaginar el resto".

"Interesante."

"¿Esto realmente va a estar en tu historia?"

"Probablemente", respondió ella. "En mi historia, la joven forma una relación con un hombre mucho mayor, y que tiene mucha más experiencia en la vida".

"Guapo también, espero".

"Oh, sí."

"Hablando de eso, mencionaste algo en tu correo electrónico acerca de incorporar tu vida personal a tu historia".

Samantha asintió con la cabeza.

"Así es. Mi corazón y mi mente quieren llevar la historia en la misma dirección. La cuestión es que esa dirección involucra, ya sabes, el sexo. La mayoría de los jóvenes pasan por esta fase, donde solo quieren explorar el sexo y su belleza. Supongo que por eso está fluyendo en mi escritura ".

"Y te preocupa que la gente te juzgue en función del contenido de tu historia".

"Exactamente. ¿Pasó por lo mismo con sus libros?"

"Claro que sí. Pero es diferente. Soy un hombre. Eres una mujer joven. La sociedad tiene diferentes estándares para nosotros cuando se trata de sexo. Pero si estás buscando una respuesta de mí en ese sentido, lo siento, no puedo darte una respuesta. Esto tiene que ser tuyo. Este es tu arte, tu historia, no la mía ".

Samantha pensó por un momento y asintió.

"¿Puedo mostrarle algo?"

"Por supuesto."

"Espere un segundo."

Samantha tomó su teléfono y buscó entre sus fotos.

Luego le entregó su teléfono al profesor.

"Esas son de una sesión de fotos que hice ayer", explicó. "Casi se las envié ayer, pero no pensé que fuera apropiado".

Repasó las imágenes explícitas.

"Entonces, ¿por qué crees que es apropiado ahora?"

"Porque valoro su opinión. Y quería mostrarle que tomé su consejo de la última vez que nos vimos. Me dijo que respetara mi cuerpo. Bueno, lo hice. Lo hago. Esas poses fueron idea mía. Esa es mi fantasía y mi expresión sexual como una mujer joven y sana ".

El profesor volvió a mirar las fotos en el teléfono.

"Ciertamente pareces una mujer joven y sana ".

Le devolvió el teléfono y Samantha lo guardó.

"¿Puedo hacerle una pregunta personal?"

"¿Por qué no? Ya nos hemos estado volviendo personales".

Ella tragó saliva.

"Como Amo, ¿qué le haría a su sumisa, si ella estuviera en esa posición? De rodillas con las manos atadas".

"¿Alguna razón en particular por la que quieres saber esto?"

"Solo tengo curiosidad. Ayudará con mi tarea de escritura, ya que entendería lo que haría un verdadero Amo en esa situación".

Él pensó por un momento.

Tal vez estaba pensando en lo que haría.

Tal vez estaba pensando si debería decirlo o no.

Samantha no podía decirlo.

Finalmente, el profesor dio su respuesta:

"Entrenaría tu garganta".

Ella se sorprendió brevemente.

"Yo, supongo que se refiere a ... "

"Garganta profunda. Perdón por el lenguaje, pero eso es lo que haría. Es lo más obvio en esa posición, ¿no? Estás de rodillas. Con las manos atadas a la espalda, no podrás resistirte a mi entrada por boca".

Samantha sintió que su coño se apretaba.

"Eso ciertamente tiene sentido".

"Bueno, así es como creas una buena historia. Te imaginas todos los escenarios y lo que sucedería después. Cómo reaccionarían los diferentes personajes en cada situación. Esta es la forma en que debes pensar".

"Lo sé."

Él levantó una ceja.

"Parece que tienes más de tu historia completa de lo que me enviaste por correo electrónico".

"Le envié todo", dijo con una expresión juguetona. "También tengo muchas ideas, pero todavía no las he escrito. Necesito superar la ansiedad de que la gente conozca mis pensamientos".

"Los autores no pueden superar los límites si sienten ansiedad por lo que la gente piense. Eso es seguro".

"¿Tiene algún consejo para eso?" Preguntó con una voz ligeramente aguda, como si estuviera sugiriendo algo.

"Bueno, he escrito todas mis novelas de la misma manera, que es producir la mejor historia posible que quiero contar, y que esperando que la gente disfrutara leyéndola".

"Tiene sentido."

"Pero no lo recomendaré para ti, dada la naturaleza de lo que hemos estado discutiendo", agregó. "Tiene que ser tu decisión qué tipo de historia quieres contar, qué tan honesta sea y cuánto sexo quieres incluir ".

" ¿Qué pasa si quisiera, ya sabes, empujar los límites?"

" Esa es tu decisión. Pero como he dicho, no seas estúpida al respecto. Este mundo está lleno de personas que quisieran usarte para tener sexo ".

"¿Qué pasaría si quisiera que me usaran? "

El profesor la miró directamente a los ojos.

Ella le devolvió la mirada.

Ninguno de los dos era un ignorante.

Sabían exactamente lo que estaba pasando por la mente de cada uno.

"Soy demasiado viejo para juegos, Samantha," dijo el profesor. "Ya he sido generoso con mi tiempo y la retroalimentación. Entonces, si quieres algo más de mí, no juegues, solo sé una mujer adulta y dilo".

Samantha sintió que su pecho se apretaba.

Ella inhaló y exhaló más fuerte.

"¿Me ayudarás? ¿M enseñarás?" Dijo ya de forma confiada.

"¿Enseñarte qué, exactamente?" preguntó bruscamente, como un maestro regañando a un mal alumno por ser demasiado impreciso. "Sé clara".

"¿Serías mi Amo?"

"Esa elección es un regalo", dijo. "Hay que elegir sabiamente."

Ella respiró hondo.

"¿Acabo de cometer un error horrible? Dios, soy una idiota. Lo siento mucho. Por favor, te lo ruego, no dejes que esto arruine nuestra relación académica. Realmente quiero seguir trabajando contigo".

"¿Eres ruidosa cuando tienes orgasmos?" preguntó sin rodeos.

"¿Perdón?"

"Es una pregunta simple. Creo que me escuchaste bien".

Ella se aclaró la garganta.

"Soy casi normal. Pero todo depende, por supuesto, de mi estado de ánimo y de cómo me sienta".

"Levántate tu camisa, Luego levántate el sostén para exponer tus pezones, como en esas fotos ".

Era el momento de la verdad.

La primera vez que Samantha se sometería a un hombre.

Levantó su camisa cuidadosamente planchada para revelar su vientre desnudo.

Luego más alto para revelar su sostén blanco, que contenía sus pechos algo perturbados.

Luego levantó su sostén para revelar sus pequeños pezones rosados.

"¿Es esta tu idea de dominarme?" preguntó ella, casi desafiándolo a hacer más.

"Es un comienzo. ¿Quieres ir más allá?"

"Si."

"Juega con tus pezones. Pellizca. Aprieta. Me gustaría ver cómo lo haces".

Samantha obedeció al profesor.

Se pellizcó y apretó sus pequeños pezones rosados mientras continuaban mirándose a los ojos.

"¿Es esta mi iniciación?" ella preguntó.

"No exactamente. Todavía no".

Ella continuó acariciando sus tetas.

"¿No lo es?"

"Primero, tendré que ver qué tan valiente eres. Una sesión de fotos es una cosa, la vida real es otra", explicó. "Desabrocha tus pantalones. Juega con tu vagina desnuda para mí. Justo ahí. Llega al orgasmo, pero hazlo en silencio. Luego discutiremos sobre cómo empujar tus límites más adelante".

Ella comenzó a desabrocharse los pantalones.

"Yo puedo manejar eso."

"¿Esto te hace sentir incómoda?"

"Es un poco extraño", respondió ella con un leve encogimiento de hombros. "Pero es emocionante".

Con los pantalones desabrochados, se deslizó la mano derecha por las bragas y se frotó el clítoris.

Mantuvieron contacto visual mientras ella se masturbaba, como si fuera un desafío de algún tipo.

"¿Qué estás pensando?" preguntó.

"¿Realmente lo quieres saber?"

"Por supuesto que sí."

Samantha continuó jugando con su clítoris.

"Ambos haciendo una sesión de fotos juntos. Una sesión de esclavitud".

"¿Qué estaríamos haciendo?"

"Me amarrarías. Entonces entrenarías a mi garganta".

"¿Duro? ¿O suave?"

Ella sonrió.

"¿Por qué no me lo dices tú?"

"Siempre soy amable", respondió, mirando a su estudiante masturbarse para él. "Prefiero tomarme mi tiempo e ir despacio. Si te hiciera garganta profunda, sería casi romántico, de una manera extraña. Iría muy despacio. Asegurándome de que puedas tomar la cantidad correcta. Cuando estás acostumbrada para ello, iría un poco más rápido, un poco más duro ".

Samantha se frotó el clítoris con más velocidad escuchando a su profesor hablar.

Ella imaginaba el escenario que narraba mientras él hablaba.

"Oh Dios ", jadeó, frotándose más rápido.

"Creo que estás lista para ser una sumisa. Y tal vez me gustaría ser tu Amo".

Samantha jadeó las palabras 'oh Dios' otra vez cuando llegó al clímax.

No hubo vergüenza ni parecido cuando ella se corrió, mirando al profesor a los ojos.

Estuvo casi sin aliento por un momento cuando su cuerpo se tensó y luego se soltó.

Ella tembló ligeramente cuando todo terminó.

El profesor se levantó y caminó hacia la estudiante, que todavía se estaba recuperando del orgasmo.

"Bien hecho", dijo.

El profesor colocó el sujetador de Samantha y le metió los senos para cubrir sus pezones.

Luego le bajó la camisa, asegurándose de que estuviera bonita y ordenada.

Luego la ayudó a abrocharse los pantalones.

Cuando el profesor terminó de vestir a Samantha, se veía como nueva, con una expresión brillante en la cara y las yemas de los dedos ligeramente húmedas.

"¿Qué es lo siguiente?" ella preguntó. "Para nosotros."

"¿Lo siguiente? Tengo una clase pronto. Tengo que irme. Y si no me equivoco, también tienes clase pronto".

"La tengo."

"¿Quieres que nos veamos de nuevo?"

Ella asintió.

"Lo quiero."

"¿Solo para discutir tu tarea de escritura?"

Ella dudó, su voz temblando.

"Quiero, ya sabes, continuar esto. Mi entrenamiento. Esta experiencia es útil para mi proceso de escritura".

"¿Y qué más?"

Ella sabía exactamente lo que el profesor quería escuchar.

"Y creo que esto es muy excitante", respondió ella con sinceridad. "Es mi gran fantasía. Me corrí por ti, pensando en ti. Quiero ser tu sumisa".

"El lunes. Ven aquí, a mi oficina, a las siete de la mañana".

"¿Porque tan temprano?"

"En caso de que grites accidentalmente, no quiero que nadie lo escuche".

Los ojos de Samantha se abrieron y su coño se apretó.

CAPÍTULO IV

Durante el fin de semana, ella participó en otra sesión de fotos con el mismo fotógrafo.

En el mismo estudio.

Con los mismos accesorios.

Las imágenes eran más arriesgadas a medida que se sentía cómoda con su sexualidad y preferencias sumisas.

Ella pidió que las cuerdas estuvieran más apretadas.

Ella quería probar a sentir lo que era ser una sumisa real.

Y ella hizo justo eso.

El resultado final fue muy erótico, pero hecho con mucho gusto.

Samantha estaba una vez más de rodillas, con las muñecas atadas frente a ella y una máscara negra en la cara.

Durante la sesión de fotos en todas las expresiones corporales que realizaba, rezumaba una alta sensualidad porque constantemente estaba pensando en que el profesor la estaba entrenando.

De vuelta en el dormitorio, Samantha escribió sin parar y con gran intensidad en su computadora portátil, sentada en su posición de escritura favorita, en su cama, con la espalda apoyada en la almohada.

Su compañera de cuarto, Vicky, yacía en la cama adyacente, vestida solo con una camiseta.

Cuando Vicky estiró su cuerpo, su coño se quedó expuesto, pero ya estaban acostumbradas ambas al cuerpo de la otra.

"Todo lo que haces es escribir", dijo Vicky. "¿Nunca te aburres con esa cosa?"

Samantha siguió escribiendo.

"De ninguna manera."

"Probablemente obtendrás buenas calificaciones este semestre con todo lo que has escrito. Vamos, salgamos a comer hamburguesas y batidos".

"Necesito vigilar mi dieta".

"Entonces solo come la hamburguesa y sáltate el batido".

Samantha hizo una pausa y miró a su compañera de cuarto.

"Esa no es una mala idea. Ha pasado demasiado tiempo desde la última vez que comí una hamburguesa".

"Mi regalo. Y sé exactamente el lugar", dijo Vicky, saltando de la cama.

Samantha estaba a punto de cerrar su computadora portátil cuando recordó algo.

Ella buscó las fotos.

"Espera, ¿puedo mostrarte algo realmente rápido?"

Vicky se acercó y miró las imágenes explícitas de la computadora portátil.

Imágenes de una Samantha parcialmente desnuda, de rodillas, las muñecas atadas, y poses sensuales llamativas.

"Maldita chica", exclamó Vicky. "¿Eres realmente tú?"

"Sí."

"No tenía idea de que pudieras ser tan ..."

"¿Símbolo sexual?" Samantha bromeó. "Trato de mantener ese lado oculto".

Vicky se rió.

"Bueno, hagas lo que hagas, sigue así. A este ritmo, ni siquiera necesitarás un título universitario, podrías ser una modelo profesional".

"Prefiero mi carrera profesional actual".

"Lo que sea que funcione para ti. Mientras tanto, tengo hambre. Vamos a vestirnos".

Samantha observó cómo su compañera de cuarto se acercaba al armario y se quitaba la camiseta, quedando completamente desnuda.

Como de costumbre, Samantha sintió un poco de admiración porque Vicky fue bendecida en el departamento de pechos, con unas grandes tetas que llamaban la atención, pero Samantha trató de no estar celosa.

También se sintió un poco culpable por no haberle contado a su compañera de cuarto sobre la situación con el profesor.

Desde la escuela secundaria, siempre fueron honestas con todo, especialmente sobre los chicos.

Nunca se guardaron secretos la una a la otra.

Pero esto era diferente.

El profesor hizo que Samantha prometiera no contarle a nadie, y Samantha siempre mantenía su palabra.

Antes de bajarse de la cama, Samantha rápidamente abrió su cuenta de Gmail y redactó un mensaje para su profesor.

Ella adjuntó la última versión de su tarea de escritura.

Luego adjuntó las últimas fotos de esclavitud que había tomado ese día.

Enviado.

Samantha guardó la computadora portátil y se quitó la ropa, desnudándose junto a su compañera de cuarto.

Necesitaba urgentemente comer algo cargado de calorías.

TERCERA PARTE
LAS CUERDAS

CAPÍTULO I

Cuando llegó el lunes por la mañana, Samantha ya no estaba preocupada por su atuendo o apariencia.

No como lo había estado en las otras ocasiones que se había reunido con el profesor.

Ella ya estaba acostumbrada a ver al profesor en privado, y ya se había masturbado para él.

Llevaba una blusa sencilla, el pelo recogido en una cola de caballo y maquillaje ligero en la cara.

También era demasiado temprano para ponerse cualquier otra cosa.

También estaban las breves instrucciones que el profesor le envió por correo electrónico la noche anterior.

Él le pidió que usara una falda corta y no se pusiera bragas.

Una solicitud que estaba ansiosa por cumplir, aunque no tenía idea de lo que iba a suceder.

El profesor llegó al edificio aproximadamente al mismo tiempo.

Durante esa hora del día, casi nadie estaba en los alrededores.

Llevaba su bolso de oficina habitual, que contenía habitualmente su computadora portátil y libros para la clase, junto con llaves en la mano para abrir la puerta de su despacho.

En este punto, su relación se había vuelto casual y al verse se preguntaron sobre el fin de semana del otro.

Samantha sintió que se volvía un poco más coqueta con él, y el profesor era mucho menos severo que en el aula.

El profesor cerró la puerta con llave una vez que entraron en la oficina, lo cual era inusual, ya que nunca la mantenía cerrada con llave cuando estaban adentro.

Cuando se sentaron uno frente al otro, la conversación cambió.

"Leí tu documento", dijo. "Y vi tus fotos".

Esto la puso nerviosa por alguna razón que no sabría explicar.

Ella trató de ocultar el hecho de que se inquietó brevemente, ya que no quería mostrarle ningún tipo de debilidad.

"¿Qué pensaste sobre todo eso?"

"Creo que tu escritura es sólida. La estructura de la historia es buena. Gramática impecable. Tienes una gran comprensión del idioma inglés y me gusta que varíes las descripciones. Lo más importante es que la historia y los personajes están bien desarrollados. Casi se siente autobiográfico. Es vívido. Me gusta eso ".

En cualquier otro momento, Samantha se habría sentido completamente halagada por los elogios que acababa de recibir de un profesor que respetaba profundamente.

Pero ahora, mientras estaba sentada sin bragas, eso era lo último en lo que pensaba.

"¿Qué te han parecido las fotos?"

"Eres una mujer joven y bella, Samantha", dijo. "Siempre pensé eso de ti".

"Querías que viniera aquí a las siete de la mañana, cuando no hay nadie más alrededor. Me dijiste que usara una falda. Y tampoco estoy llevando bragas".

"Entonces, has venido aquí solo para ser entrenada, ¿es eso?"

Ella asintió.

"¿Estoy haciendo el ridículo?"

"Levántate y mira hacia adelante".

Samantha se levantó, se ajustó la camisa y la falda para que se viera ordenada y miró hacia adelante.

El profesor también se puso de pie y se acercó a ella, mirando de cerca su joven cara bonita, tratando de leer sus expresiones faciales.

Los labios de Samantha parecieron apretarse.

Su cuerpo estaba tenso y rígido, pero había un pequeño brillo en sus ojos, como si hubiera esperado mucho tiempo por esto.

"Realmente me gustas, Samantha", dijo. "Eres inteligente, motivada, muy amable y hermosa".

"Gracias", dijo ella, casi en un susurro.

"Tengo que decirte que disfruto ser Amo. Es algo que me tomo muy en serio. Y siempre brindo el máximo cuidado a mis sirvientes".

¿Sirvientes? A Samantha le gustaba hacia dónde se dirigía esto.

"Entiendo", respondió ella.

"¿Y tú? Debido a nuestra diferencia de edad y mi posición en la universidad, nunca podremos salir. Nunca podremos volvernos de forma romántica. ¿Eso te molesta?"

"Puedo guardar un secreto. Y estoy demasiado ocupada para tener un novio".

"Entonces, ¿la dulce Samantha está buscando un Amo? Por pura necesidad sexual, ¿no es así?"

"Creo que ya lo sabes", dijo suavemente.

"¿Has pensado en esto? ¿Yo soy tu primer Amo? ¿Entregarte a mí por completo? Nunca voy a por la mitad. Una vez que seas mía, haré lo que quiera contigo. Te empujaré a tus límites. Pero si quieres terminarlo, se habrá terminado ".

El coño de Samantha se apretó.

"Eso es lo que estoy buscando. Siempre quise, ya sabes, ser una sumisa. Y quiero serlo contigo".

"¿Por qué yo?" el preguntó.

Ella se puso nerviosa.

"Por tu experiencia con esto. Me encanta que tengas tanto cuidado. Y me encanta como piensas. Quién eres. Me encanta todo el tema de profesor - estudiante. Me encanta el poder autoritario que tienes sobre mí".

"Levanta la falda".

Samantha levantó su falda para revelar su vagina bien afeitada y su trasero desnudo.

Estaba nerviosa y sus manos temblaban ligeramente mientras sostenía su falda.

"Eres más hermosa en persona que en las fotos", dijo.

"Gracias."

"Ahora inclínate. Pon tus manos sobre mi escritorio. Abre las piernas".

Samantha obedeció.

"¿Qué vas a hacer?"

"Voy a hacerte un gran favor. Esto es para tu tarea de escritura. Me gusta hacia dónde se dirige tu historia. Pero tienes algunas cosas que aprender. Si quieres escribir adecuadamente sobre un viaje sexual, entonces como tu profesor, me gustaría que lo experimentes de primera mano ".

El coño de Samantha se retorció mientras mantenía su posición sobre el escritorio.

Mantuvo la vista al frente mientras el profesor buscaba en su bolsa de oficina.

No tenía idea de lo que estaba buscando, y tampoco quería mirar.

Tenía demasiado miedo de mirar.

Ella simplemente quería dejar que las cosas progresaran.

Sus manos comenzaron a frotar su trasero suave y sus muslos tonificados.

"Qué piernas tan hermosas", señaló. "Voy a poner un tapón en tu trasero. ¿Alguna vez has sentido uno de esos antes?"

"No. ¿Crees que me gustará?

"Si te relajas y haces lo que te digo, disfrutarás de muchas cosas".

El profesor amasó su trasero como si fuera masa.

Apretando fuerte y masajear.

Cuando él extendió su trasero, Samantha se sintió muy expuesta.

Ella sabía que él estaba mirando profundamente en su ano.

Luego lo soltó.

"Esto puede sentirse un poco frío", dijo, abriendo un lubricante.

El cuerpo de Samantha se sacudió cuando el profesor le tocó el ano con sus dedos lubricados, pero ella rápidamente retomó el control, manteniéndose quieta.

Los dedos rodearon su ano antes de empujar hacia adentro, cubriendo su recto con el lubricante anal.

"¿Te gusta el sexo anal?" preguntó.

"Oh, sí. Pero solo si estoy de buen humor. Como puedes ver, estoy un poco apretada allí atrás".

"Se siente así. Ahora relájate, esto se va a sentir un poco incómodo al principio, pero te acostumbrarás. Lo prometo".

Después de alejar su dedo, el profesor presionó un tapón contra el anillo del ano de Samantha.

Era de cuatro pulgadas.

Manejable para cualquier señorita.

Dio un suave empujón y el tapón pasó a través del anillo de su ano, gracias al lubricante.

El cuerpo de Samantha se retorció y jadeó, pero mantuvo la compostura.

Lo empujó hasta que estuvo completamente adentro.

El tapón trasero estaba diseñado para entrar las cuatro pulgadas, luego era detenido por una superficie plana, para que Samantha pudiera sentarse más tarde sin demasiados inconvenientes.

"Ahora, voy a insertar algo en tu vagina", dijo. "Un pequeño vibrador que solo yo puedo controlar".

Samantha meneó el trasero.

"Estoy a tu merced".

"Buena chica."

El profesor buscó en su bolsa de oficina y sacó un pequeño vibrador de unas seis pulgadas, que tenía unas correas para poder atarse.

Él separó los delgados labios marrones de Samantha, revelando su abertura rosa.

Estaba mojada, por lo que sabía que ella estaba excitada.

Luego presionó el vibrador contra su agujero mojado y empujó.

La entrada fue fácil, especialmente porque las piernas de Samantha estaban abiertas y su sexo estaba excitado.

Pulgada por pulgada, el vibrador se abrió paso dentro del coño de Samantha.

Ella presionó su mano sobre la mesa, disfrutando la sensación de la entrada, y también disfrutó el hecho de que era el profesor quien lo hacía.

Una vez que el pequeño vibrador estuvo completamente adentro, el profesor sujetó las correas alrededor de las piernas y la parte trasera de Samantha, hasta que el vibrador estuvo totalmente seguro.

"No importa cuán fuerte vibre esa pequeña cosa, no iré a ninguna parte". Pensó ella

"Ahora toma asiento", dijo el profesor.

Samantha se enderezó, se arregló la falda y volvió a sentarse en el asiento, frente al escritorio.

Era un poco incómodo como había esperado.

Era la primera vez que usaba un tapón trasero, y era extraño sentarse.

Su recto estaba estirado y sentía que su trasero ya le estaba doliendo.

El vibrador atado dentro de su coño también era una sensación extraña.

Nunca había sentido algo así antes.

Por lo general, cuando algo de esa forma y tamaño estaba dentro de su coño, Samantha estaba boca arriba, o a cuatro patas, sin sentarse.

Combinado, el sentimiento era surrealista.

Sus dos agujeros estaban llenos de juguetes sexuales.

Y era por una razón.

Tan incómodo como era, también era sexualmente emocionante.

"A continuación, te voy a atar a la silla", dijo.

Ella tragó saliva.

"Puedo manejar eso".

El profesor fue fiel a su palabra.

Dentro de su bolsa de oficina había cuerdas de color azul que parecían tener una textura suave.

Cuando la muñeca izquierda de Samantha estuvo atada al sillón, ella vio que tenía razón.

La cuerda se sentía suave contra su preciosa piel.

El nudo que hizo el profesor parecía profesional y correcto.

Y lo hizo con la cantidad perfecta de presión.

El mismo proceso se repitió con su muñeca derecha.

Luego vinieron sus tobillos.

Ella observó al profesor repetir hábilmente el proceso con cada uno de sus tobillos.

Ella lo miró y se maravilló de sus habilidades.

Ciertamente era un Amo experimentado, especialmente cuando se trataba de cuerdas, pensó.

No es de extrañar que el profesor fuera tan comprensivo sobre las fotos de esclavitud de Samantha, ya que tenía exactamente el mismo fetiche, pensó.

Cuando terminó, Samantha estaba completamente atada a la silla, con juguetes sexuales en el trasero y la vagina.

Este era un tipo diferente de euforia que participar en una sesión de fotos.

Esta era la vida real.

Y estaba completamente a merced de su profesor, a quien admiraba profundamente.

Él se echó hacia atrás, con el trasero apoyado contra su escritorio, mirando su obra.

Samantha atada al asiento.

"Desearía que pudieras verte a ti misma", dijo el profesor. "Tan hermosa, tan indefensa. La muestra perfecta de sumisión".

Ella asintió.

"Gracias a ti."

"¿Es esto lo que esperabas? ¿Cómo te sientes? ¿Te arrepientes de esto? ¿Te resulta humillante? Dime y sé precisa."

Ella reunió sus pensamientos.

"Me siento viva. Como si estuviera a salvo contigo. Porque sé que nunca me harías daño. Hay un consuelo en eso. Y me encanta estar bajo tu control. Tu control sexual. Entregarme a ti. No sé si alguna vez pudiera explicarlo completamente, pero así es como me siento ".

"Ahí está", señaló. "Esos son los pensamientos que necesitas estar pensando para convertirte en una gran novelista algún día. Te estás convirtiendo en una mujer en sintonía consigo misma. Floreciendo".

"También quiero sentirlo ".

"Estoy un paso por delante de ti", dijo, sosteniendo un pequeño dispositivo. "Estos botones controlan el vibrador dentro de ti. Lo que significa que ahora controlo tu cuerpo y tu mente. ¿Todavía deseas experimentar el estilo de vida que has estado ansiando por tanto tiempo? "

" Sí ... "

Tan pronto como esas palabras escaparon de sus labios, el profesor presionó un botón que provocó la activación del vibrador.

Todo el cuerpo de Samantha se sacudió y su rostro hizo una mueca.

Sus brazos involuntariamente tiraron de las cuerdas cuando ella tiró, pero fue en vano, las cuerdas eran demasiado fuertes.

"Ese es solo el primer paso", dijo.

El juguete sexual continuó vibrando en su coño.

"Oh, Dios, eso se siente ... nunca antes había usado un vibrador así. Se siente tan ..."

El profesor observó atentamente a la estudiante retorcerse mientras presionaba otro botón, subiendo la potencia del vibrador otra muesca.

Samantha parecía sin aliento cuando sus ojos se abrieron y su boca formó una O.

Parecía que estaba sin aliento momentáneamente mientras el vibrador hacía su magia.

"Esta es la esencia de la sumisión", dijo el profesor. "Estoy en completo control. Estás completamente perdida. Y es mi deber hacer que te corras. Ahora, ya no tienes que preguntarte cómo es. Lo estás experimentando de primera mano, ¿no es así?"

Ella luchó por hablar.

"Sí ..."

"¿Te gustaría llegar al orgasmo?"

Ella asintió.

"Sí ..."

Su voz se apagó cuando la vibración se volvió abrumadora.

Luego el profesor presionó el interruptor que llevó el vibrador a la muesca más alta.

Esto hizo que todo el cuerpo de Samantha se sacudiera y sus manos se apretaran.

Sus nalgas se apretaron involuntariamente contra el tapón de su trasero.

Sus ojos se cerraron y gimió fuertemente.

Cuando Samantha lloró y gritó, el profesor bajó el vibrador a la primera muesca y Samantha pudo calmarse.

"Eres demasiado ruidosa", señaló el profesor. "Podríamos ser atrapados si gritas así".

"Lo siento mucho", respondió ella, respirando con dificultad mientras el juguete sexual todavía zumbaba en su coño. "Eso fue tan intenso. Nunca había sentido algo así antes".

"Pero aún quieres llegar al orgasmo, ¿no?"

Ella asintió con los ojos como una linda cachorrita.

"Por supuesto que sí."

"Entonces tendré que amordazarte de alguna manera. ¿Alguna sugerencia de lo que puedo meterte en la boca, para mantenerte callada?"

Era una pregunta retórica.

Ambos lo sabían.

Samantha era lo suficientemente inteligente como para captar lo que el profesor sugería.

Y ella también lo quería, con todo su corazón.

"Tu polla".

Él sonrió.

"¿Solo para mantenerte callada? ¿O quieres que entrene tu boca?"

"Quiero ser entrenada. Garganta profunda, justo como he estado fantaseando".

"Buena chica."

El profesor dejó el control remoto y comenzó a desabrocharse los pantalones.

Samantha observó con ansiosos ojos cómo el profesor se liberaba.

Ella notó que él estaba casi completamente erecto y su tamaño era bastante impresionante.

Eso solo la excitaba más.

Dio un paso adelante, con la polla colgando frente a la cara de Samantha, con el control remoto de nuevo en la mano.

"Voy a poner mi polla en tu boca", dijo. "Vas a chuparla. Y vas a ir hasta garganta profunda. Al mismo tiempo, voy a hacer que te corras con el vibrador. ¿Me entiendes? "

" Sí ", asintió.

"Recuerda este sentimiento. Usa este sentimiento para tus escritos. Tal vez te encantará. Tal vez lo odies. Pero al menos lo has intentado".

"Lo quiero. Más que nada".

Con eso, el profesor guió su polla hacia la cara de Samantha.

Ella abrió la boca y la aceptó.

Se deslizó entre sus labios y ella envolvió sus labios alrededor de él, chupándolo.

El profesor jadeó.

"Tienes la boca como un ángel", señaló. "Sigue chupando".

Y Samantha lo hizo.

Ella chupó y movió su cabeza lo mejor que pudo.

Todo lo que podía hacer era mover su cuello hacia adelante y hacia atrás.

Ella trabajó con sus labios y su lengua.

Ella proporcionó una buena succión para él, y giró su lengua alrededor de la punta de su erección.

Era algo que ella sabía que los hombres amaban absolutamente.

Y a ella le encantaba hacerlo.

También le encantaba sentir que su polla se endurecía en su boca.

"Relájate", dijo. "Voy a ir más profundo. No luches contra eso".

El profesor puso una mano en la parte superior de la cabeza de Samantha, luego empujó suavemente, llevando su pene más profundo.

Ella se atragantó un poco, luego él retrocedió.

Ahora conocía los límites orales de Samantha.

La chica tenía un reflejo estándar de nauseas.

Volvió a entrar, solo donde estaba el reflejo de las náuseas de Samantha, y hasta ahí llegó.

Quería entrenar su garganta sexualmente, no hacerla vomitar.

"Ahora es cuando voy a hacer que te corras", dijo. "Relaja tu cuerpo. Ahora estás bajo mi control".

El profesor presionó el botón y el vibrador volvió a la muesca más alta.

Samantha se retorció en el asiento tratada como una esclava.

Sus nalgas una vez más apretaron el tapón en su pequeño agujero.

Sus ojos se humedecieron.

Sus manos formaron nudos apretados.

Sus dedos se apretaron dentro de sus zapatos.

La pequeña oficina se llenó con el sonido del vibrador pequeño pero poderoso, trabajando su magia dentro del coño mojado de Samantha.

También hubo sonidos de náuseas y chillidos amortiguados en la boca de Samantha.

Sonidos lascivos de chupar y sorber.

"Sigue chupando", dijo. "Puedes hacer ambas cosas. Chúpalo y ten tu orgasmo al mismo tiempo".

Samantha volvió a concentrarse en chupar la polla del profesor.

Tal vez eso eliminará los sentimientos extremos en su región inferior, pensó.

Ella hizo todo lo posible para mover su lengua alrededor del miembro, pero era difícil ya que la polla estaba hasta su garganta.

También trató de trabajar con sus labios lo mejor que pudo.

Nunca antes había hecho garganta profunda con un chico, así que esta fue una experiencia de aprendizaje inusual para ella.

Mientras chupaba, las sensaciones en su coño crecieron hasta convertirse en una intensidad poderosa.

La presión crecía y crecía.

También lo hizo el dolor que causaban las vibraciones prolongadas, junto con el dolor en su recto y el dolor donde estaban atados sus extremidades.

Ella hizo un sonido amortiguado por su polla.

"¿Estás cerca de correrte?"

Sus ojos llorosos miraron al profesor.

Con ojos de cachorrita.

Ella asintió levemente, lo mejor que pudo, sin lastimar la polla del profesor.

El profesor sonrió.

"Córrete para mí, cariño. Solo relájate, y deja que suceda".

Samantha cerró los ojos y se concentró en chupar la polla, que estaba en su garganta, junto con los poderosos sentimientos en su región inferior.

Efectivamente, llegó el orgasmo.

Ahora ya no pudo mantener el apretón de sus puños y dedos de los pies.

Sus músculos se estaban relajando.

Le dolía el cuerpo.

Ella sintió una liberación poderosa en su coño.

La presión alcanzó su clímax y el orgasmo fue más allá de las palabras.

Cuando llegó, se sintió en chorros.

Los fluidos brotaron de su coño, cubriendo el vibrador y haciendo un desastre donde estaba sentada.

Normalmente, estaría aterrorizada por el desorden que estaba haciendo en su falda, ya que tendría que caminar por los pasillos y atravesar el campus con esa mancha del orgasmo.

Pero este no era un momento normal, no en ese momento.

Lo único que le importaba era ese sentimiento intenso.

Nada más importaba.

Que le dieran a la falda mojada.

Este fue el orgasmo más increíble de toda su vida.

Ella respiró pesadamente con los ojos cerrados.

Luego se relajó y suspiró.

Fue entonces cuando el profesor supo que acababa de terminar de correrse.

No tenía sentido molestar a Samantha más, así que apagó el vibrador.

"Fue hermoso", dijo. "Pero ahora es mi turno. ¿Todavía tienes energía?"

Levantó la vista y asintió, con los ojos formando lágrimas por el orgasmo que acababa de experimentar.

El profesor meció las caderas.

Para el acto final, quería follarle la boca y la garganta, y estaba haciendo exactamente eso.

Ella continuó chupando.

Cuando volvió su energía, volvió a trabajar con su lengua, junto con sus labios.

"Trágatelo", dijo.

Sostuvo la cabeza de Samantha quieta con una mano, y con la otra mano, acarició furiosamente el miembro de su polla dura y furiosa, mientras la punta de su erección estaba en la cálida boca de Samantha.

Samantha se sintió orgullosa de haber podido hacer que el profesor estuviera tan duro, y esto funcionó.

La hacía sentir sexy, deseable y deseada por él.

El orgasmo se disparó en la boca de la estudiante.

Chorro tras chorro de semen entró en la boca de Samantha, en su lengua y en su garganta.

Con cada chorro de semen, Samantha tragaba.

Era algo que le gustaba hacer, especialmente ahora para el hombre que acababa de darle ese memorable orgasmo.

Ella disfrutó el sabor y la textura de su semen.

Lo saboreó en su boca.

Lo giró con su lengua.

Esto no era algo que ella pronto olvidaría.

Ella continuó chupando hasta que todo salió.

Luego, cuando el semen se detuvo, giró la lengua alrededor de la cabeza de su polla y lamió la abertura.

Cuando la polla se volvió suave, dejó que se le cayera de la boca y le dio a la cabeza un beso de despedida en el proceso.

Samantha miró a su profesor, que la estaba mirando.

Sus ojos se encontraron.

Había una comprensión sutil entre ellos.

Sabían lo que pensaba el otro.

Samantha era una chica sumisa que finalmente pudo experimentar su fantasía.

Y el profesor era un hombre que podía disfrutar de su amor por la formación de mujeres.

"Esa es la experiencia de ser sumisa", dijo. "Ahora lo sabes. Haz lo que quieras con ese conocimiento".

"Me encantó. Cada segundo", suspiró y se tomó un momento para recobrar la compostura.

"Me complace que hayas experimentado lo que querías. Si eres una buena chica, podemos hacer esto de nuevo".

Ella le dedicó una sonrisa tierna:

"Mejor. Porque estoy escribiendo una larga novela".

Cuando el profesor desató las muñecas de la estudiante, le dio besos suaves en la frente.

Era un Amo compasivo.

Y Samantha era una sumisa muy curiosa y tenaz.

Por supuesto que lo volverían a hacer, pensó.

FIN

BIBLIOTECARIA BDSM
POR
ERIKA SANDERS

"Señorita, ¿sería tan amable de mostrarme dónde están los libros eróticos?" una voz masculina dijo detrás de mí.

Me congelé, mis dedos se quedaron fijos sobre el teclado de mi computadora.

Por un momento, cerré los ojos y tragué saliva.

Sentí que los músculos bajos dentro de mí se apretaban.

Sentí que mis pezones se endurecían contra el satén de mi sostén.

No fueron sus palabras, fue su voz.

Eso es lo que me hizo.

Seguía escuchándolo incluso ahora que se había callado, y me despertó en mí ganas de la necesitada liberación.

Fue muy suave.

Como las trufas de chocolate blanco, mi panacea, deslizándose por mi garganta.

Profundo, al igual que cuando yo ...

Inhalé, lentamente soltando el aliento, mis dedos se curvaron ahora mientras trataba de mantener el equilibrio.

"Me alegraría ayudarlo, señor".

Solté un jadeo suave, pero audible, y un gemido inconfundible.

Cuando me volví, escuché mi propia respiración aguda.

Él estaba de pie al otro lado de la recepción, con unas gafas de sol todavía puestas, sus labios firmes temblando ligeramente.

Me di cuenta de que quería sonreír.

Tracé las líneas de su bigote rojo y perilla con mis ojos, mi lengua saliendo para lamerme el labio inferior incluso mientras trataba de resistir el movimiento.

"¿Los libros eróticos, señorita?"

Levanté los ojos, imaginando que ideas recorrerían por su cabeza.

"Sí, señor, por aquí".

Rodeé el mostrador, mis rodillas temblando un poco.

Me detuve para recuperar el equilibrio, maldiciéndome por usar los zapatos negros de tacón hoy.

Serían un infierno para bajar los escalones de las escaleras al piso inferior.

Sentí el calor de su cuerpo detrás de mí mientras caminábamos hacia la sección de referencia.

Mantuve mis manos fijas en mis costados, con ganas de alcanzarle.

Queriendo estar en el lugar que me correspondería detrás de él, dejando que me guiara.

Pero mantuve mi compostura profesional y procedí a abrirnos camino a través de los estantes de enciclopedias.

"Las damas primero", dijo una vez que llegamos al acceso que conducía al piso de abajo.

Puse los ojos en blanco, sabiendo que no podía verlos.

Pero una parte de mí deseaba que lo hubiera hecho.

Reprimí una risita y agarré el pasamanos, comenzando el lento descenso.

Podría ser una chica mala cuando quisiera.

"¿Había algo especial que estaba buscando, señor?"

"La sección de romance erótico. Escribí el nombre que busco en un papel. Déjeme ver si puedo encontrarlo".

Habíamos llegado al fondo sin accidentes, aunque mi talón se había enganchado en el borde de los estrechos escalones de metal dos veces.

"¿Nuevo o usado, señor? El resto de los libros de bolsillo nuevos también se almacena aquí. Solo los mantenemos arriba durante un par de meses".

"Nuevo, mejor".

"Entonces tendríamos que ir por este camino", le dije, girando a la izquierda y dirigiéndome hacia un pasillo con poca luz, mi ritmo cardíaco aumentaba con cada paso.

Su respiración se hizo más pesada mientras me seguía.

Nuestros zapatos hacían clic en el piso del sótano, el sonido amortiguado por los estantes de libros que nos rodeaban.

Sobre nosotros, una luz zumbó y parpadeó.

Tomé una nota mental para informar sobre la bombilla defectuosa.

"¿Cuál era el nombre del libro?"

"Parece que no puedo encontrar mi nota. Pero la autora comenzaba con E y de apellido Sanders, ¿Erika? Sabría el título si lo viera".

Señalé un conjunto de estantes al otro lado de la sala.

"Sería mejor comenzar por allí, entonces".

"Después de usted señorita".

Sentí su mano en la parte baja de mi espalda cuando nos acercamos a la sección correcta.

Cerré los ojos brevemente, queriendo gemir.

Me había parecido mucho tiempo desde que sentí su toque, a pesar de que solo había sido temprano esta mañana.

A través de mi blusa, podía sentir el calor de su piel quemando la mía.

"Podría ayudarte a mirar si pudieras darme una pista. ¿Una palabra tal vez?"

"Sexo. Creo que tenía algo que ver con el sexo".

Su voz era un susurro bajo contra mi oído.

Luego se presionó contra mí, empujándome hacia un pequeño escritorio al final del pasillo.

Cuando no pude ir más allá, aumentó la presión sobre mi espalda baja y me inclinó hacia adelante.

"Pero mi interés por la lectura está disminuyendo em estos momentos. Prefiero experimentarla".

Jadeé, agarrando el borde del escritorio para estabilizarme.

Mis pechos se estrellaron contra la parte superior fría y dura.

Gemí al sentir su excitación a través de sus pantalones y mi falda mientras él lentamente se frotaba contra mí por detrás.

Tragué saliva mientras su mano se deslizaba más hacia el sur, acariciando mi trasero.

Aferrándose a la falda.

Tirando de mis bragas hasta mis rodillas.

Cuando sus dedos rozaron mi coño, presionando entre mis labios hinchados, lloriqueé fuerte.

"Shhh"

Continuó acariciándome tan lentamente que era enloquecedor.

Su otra mano jugó con mi cabello, soltando el moño que me había colocado meticulosamente esta mañana.

Me mordí el labio inferior y descansé la mejilla en el escritorio.

Gimoteé de nuevo cuando su mano desapareció de entre mis piernas.

"Sé una buena chica. No te muevas".

Lo escuché desabrocharse el cinturón y bajar la cremallera de sus pantalones.

Escuché su suave suspiro cuando probablemente liberó su polla de los confines de sus calzoncillos.

Escuché mi propio corazón latir salvajemente en mis oídos.

"Ahora recuerda, señorita, estamos en una biblioteca. Escuché que hay reglas estrictas sobre hacer ruidos fuertes. Y el castigo por romper esas reglas ... bueno, estoy seguro de que estás al tanto cuáles son los deberes de ser bibliotecaria y todo eso".

Sus dedos volvieron a acariciar mi coño.

Pero algo no estaba bien.

También estaba agarrando mis caderas con ambas manos.

Gemí de alegría al darme cuenta de que era su polla frotándome allí.

Un fuerte crujido resonó cuando golpeó mi trasero desnudo, haciéndome saltar y chillar.

"Te hice una pregunta, señorita".

"Lo-lo siento, señor".

"¿Estás excitada?"

"Sí señor."

Presionó hacia adelante, su polla penetraba muy ligeramente mientras balanceaba sus caderas de un lado a otro.

Separé mis piernas lo más que pude con mis bragas todavía juntando mis rodillas.

Una vez que estuvo completamente metido dentro de mí, movió una mano hacia mi espalda baja.

Envolvió mi cabello suelto alrededor de su otra mano y tiró.

Grité y miré la fría pared gris.

Él la tenía tan grande dentro de mí, estirándome ampliamente.

Estaba jadeando mientras entraba y salía sin prisa.

Volvió a golpearme el trasero y luego volvió a inclinarme sobre el escritorio.

"Esta es una buena chica. Agradable y apretada. Muy húmeda. Como le gustan a tu señor".

Gemí, mi cuerpo rogándole que me llevara al clímax.

De nuevo, me balanceé contra él, siguiendo su ritmo.

Eso me ganó otro golpe.

"No te muevas, Pequeña. Te estoy jodiendo. Tendrás tu oportunidad más tarde. Y cállate".

Intenté no hacer ruido.

Lo intenté muy duro.

Sabía que había otras personas en la biblioteca, pero nadie solía bajar al sótano.

Pero de todos los días para que alguien deambulara por aquí, hoy podría ser el día.

Y, sin embargo, también deseaba que alguien nos encontrara jodiendo para poder abrazar ese poco de exhibicionismo escondido en algún lugar dentro de mí.

Sin embargo, cuando se zambulló y se retiró, tirando de mi cabello, no pude evitar gemir y jadear.

Gritando cuando decidió pegarme.

Me cogió por varios minutos largos.

Se sintió tan bien.

Sin embargo, en este ángulo, no podía alcanzar el orgasmo.

Y él lo sabía.

Me soltó la espalda, todavía agarrando mi cabello, y me golpeó el trasero.

Fuerte.

Siseó con su voz cuando preguntó:

"¿Te gusta eso, nena?"

Gruñí.

"¡Sí señor! Me gusta duro"

"Sí, ¿qué, pequeña?"

Me golpeó de nuevo.

Los sonidos agudos y el dolor breve cuando su mano se conectó contra mi piel desnuda compitieron con mis gritos.

Especialmente mientras continuaba empujando su gran polla en mi coño.

No pude pensar.

No pude hablar.

"Estoy esperando."

Otro golpe.

"¡Sí Amo!" Jadeé.

"Buena chica."

Su mano libre se deslizó debajo de mí y acarició mi clítoris.

Grité mientras mi cuerpo temblaba.

Pero no fue tiempo suficiente.

Su mano desapareció, y de repente se retiró por completo.

"Levántate, Pequeña, y date la vuelta".

Mis piernas estaban entumecidas mientras obedecía.

Apoyé mi trasero contra el escritorio por un momento, pero inmediatamente me puso derecha nuevamente, haciendo una mueca.

No pensé que sería capaz de sentarme por unas horas.

"Quítate la ropa."

Abrí la boca, pero la cerré cuando lo vi inclinar la cabeza hacia abajo y mirarme por el borde de sus gafas de sol.

Me desabroché la falda y me la deslicé, bajando de mis bragas en el proceso.

Me desabotoné la blusa, me la quité y agregué mi sostén a la creciente pila en el suelo.

Me miró con una sonrisa en sus labios, su lengua saliendo cada vez que revelaba más de mi piel.

Luego se aflojó la corbata y la soltó.

Dio vueltas con su dedo en el aire.

Me di la vuelta una vez más.

En silencio, tomó mis manos, jalándolas detrás de mi espalda y atándolas con su corbata.

Luego presionó mi hombro y lo volví a enfrentar.

"Reclínate."

Me mordí el labio inferior, pero obedecí.

Mi trasero todavía estaba muy dolorido, especialmente con el borde del escritorio clavándose en mis músculos magullados.

Y ahora con las manos atadas a la espalda también, no podía usarlas para sostener mi cuerpo.

"Abre las piernas. Buena chica".

Apoyó su mano izquierda sobre mi hombro derecho para equilibrarme antes de cubrir mi coño con su otra mano.

Cerré los ojos cuando dos de sus dedos presionaron entre mis labios hinchados, frotando mi clítoris.

Dejé caer mi cabeza hacia atrás y me alejé de él hacia la pared detrás de mí.

Forzó mis piernas a separarse más y levantó mi coño para que sus dedos lo acariciaran más profundamente.

Olvidé todo sobre el dolor.

Y cómo era de vulnerable si alguien nos pillara.

Todo en lo que podía pensar era en alcanzar ese precipicio y caer de cabeza después.

Estaba escalando, escalando y escalando ... gimiendo durante mi asentimiento.

"Oh, pequeña. ¿Qué te dije acerca de estar callada?"

Jadeé cuando él retiró su mano y me puso de pie.

"Arrodíllate."

Gimoteé mientras él me ayudaba a ponerme de rodillas.

Mis manos descansaban sobre mi dolorido trasero.

Los bordes de su corbata rozaban la parte posterior de mis muslos.

Todavía podía sentir el pinchazo de su toque, el calor de mi piel donde habían estado sus manos.

Mi coño se apretó por el vacío que había allí ahora.

"Abre la boca."

Incliné mi cabeza hacia atrás y dejé caer mi mandíbula.

"Buena chica."

Me acarició la mejilla con el dorso de los dedos por un momento.

Luego puso su pulgar en mi boca, lo humedeció con mi lengua y frotó su dedo sobre mi labio inferior.

"Eres tan jodidamente encantadora, mi señora. Mi chica".

Con eso, levantó su polla y reemplazó su pulgar con la cabeza de su polla.

"Lámela".

Saqué la lengua y cubrí la punta con mi saliva.

Frotó su polla de un lado a otro y alrededor de mis labios.

Y luego gemí.

"Ahora, ¿qué voy a hacer con esos ruidos que estás haciendo?"

Ahuecó mi barbilla, tiró suavemente para que me abriera más, y luego deslizó su polla en mi boca hasta que descansó en mi lengua.

"Sí, eso podría funcionar para que te calles".

Parpadeé, pero mantuve mis ojos en su rostro.

En su sonrisa pude ver mi reflejo en sus gafas y gemí de nuevo.

Empujó su polla más profundamente en mi boca, haciéndome sentir arcadas.

Se retiró lentamente y luego volvió a entrar.

Una y otra vez llenó mi boca, su piel rígida se frotó contra mis labios húmedos.

Se retiró por completo y golpeó su polla contra mis labios un par de veces.

"Toma una respiración profunda."

Cerré la boca y tragué, probando mis propios líquidos y su precum en mi lengua ahora, y luego la abrí de nuevo.

"Qué buena chica".

Él procedió a deslizar su polla en mi boca nuevamente, sus manos a cada lado de mi cabeza.

Luego empujó sus caderas de un lado a otro, follando mi boca como lo había hecho con mi coño.

Continuó por varios largos minutos, agarrando mi cabello con una mano ahora, sosteniendo mi cabeza hacia atrás.

De vez en cuando, me decía que chupara o lamiera solo la corona.

Y se detenía a veces, enterrado su polla tan profundamente que podía sentirla en mi garganta y podía sentir sus bolas contra mi barbilla, el olor picante de su masculinidad invadiendo mi nariz.

Se agachó y me pellizcó el pezón o acarició mi pecho varias veces, pero nunca se demoró demasiado, siempre volviendo a llenarme la boca con la polla a la profundidad y velocidad que deseaba.

Me quejé y lloriqueé, pero los ruidos que hacía ahora estaban amortiguados.

Y todo el tiempo, susurraba palabras de aliento.

"Esa es la buena chica de tu señor. Dios, se siente tan bien tener tu boca envuelta alrededor de mi polla. Sí, nena. Así. Mmmm. Sigue así".

Con todo este movimiento, mis lentes se deslizaron por mi nariz.

"Mírame, Pequeña. Oh bebé, estás tan jodidamente caliente así. Mi polla en tu boca, tus ojos en mí. Estás tan indefensa, a mi merced. Y esos lentes. ¡Oh, mierda!"

Él me folló un par de veces más, y luego sentí su leche caliente golpear el fondo de mi garganta.

Mantuvo mi cabeza quieta, su polla presionando contra mi lengua y el paladar de mi boca.

Cuando terminó, dijo:

"Lámelo. Déjalo limpio, nena".

Hice lo mejor que pude sin usar mis manos.

"Esta es mi buena chica".

Me acarició el pelo hasta que estuvo satisfecho.

Me ayudó a ponerme de pie y me sentó sobre el escritorio.

Antes de que pudiera reaccionar, hundió una mano en mi coño y cubrió mi boca con la suya, silenciando mi grito de sorpresa.

Su otra mano cubrió uno de mis senos y finalmente acarició mi dolorido pezón debajo de su palma.

"Córrete por tu señor, nena", susurró cuando me dejó respirar.

Luego me estaba besando otra vez, empujando su lengua contra la mía al mismo tiempo que sus dedos jugaban con mi clítoris.

Esta vez, subí ese acantilado y finalmente me caí, mi cuerpo temblando debajo de él.

Se tragó mis gritos, su cuerpo cubrió el mío, presionándome contra el escritorio y la pared, hasta que me quedé quieta debajo de él.

Parpadeé cuando él dio un paso atrás, guardó su polla y se alisó la ropa.

Me ayudó a ponerme de pie nuevamente y me desató las muñecas.

"Vístete, pequeña. Arregla tu cabello".

Recogí mi ropa del suelo aturdida.

Rápidamente me recogí el pelo en un moño y me enderecé las gafas.

Una vez que volví a estar arreglada, tomó mi mejilla y me sonrió.

"Ahora, sobre ese libro que estaba buscando ..."

Me aclaré la garganta y saqué un libro al azar del estante.

"Creo que este es el que quería, señor. Estuvo aquí a la vista todo el tiempo".

"Qué razón tienes, señorita. Estoy tan contento de que haya una bibliotecaria bien competente cuando se la necesita".

"En cualquier momento que quiera, señor", le sonreí y salí de las estanterías. "En cualquier momento que quiera estoy para servirle en lo que necesite."

FIN

127

www.ingramcontent.com/pod-product-compliance
Lightning Source LLC
Chambersburg PA
CBHW022017150726
47990CB00002B/700